세계 명언집 ②

세계 명언집

② 지혜의 등불

초판 1쇄 인쇄 | 2021년 05월 15일
초판 1쇄 발행 | 2021년 05월 20일
편찬 | 좋은말연구회
펴낸곳 | 태을출판사
펴낸이 | 최원준
등록번호 | 제1973.1.10(제4-10호)
주소 | 서울시 중구 동화동 제 52-107호(동아빌딩 내)
전화 | 02-2237-5577 팩스 | 02-2233-6166
ISBN 978-89-493-0632-2 03890

2 지혜의 등불

세계 명언집

좋은말연구회 편찬

태을출판사

머리말

후회하지 않는 내일을 위하여

당신의 주인은 누구입니까?

이와같은 질문에 대해 모든 사람들은 제각기 견해를 달리하고 있습니다.

직장에 얽매여 정해진 시간을 일과 싸워야 하는 고용인은 그의 직장 사주(社主)를 주인이라고 생각합니다. 출가하기 이전의 어린 아이들은 그들을 낳아주고 길러준 부모를 그들의 주인이라고 생각하고 있으며, 출가한 여성들은 그녀의 남편을 자기의 주인이라고 믿고 있습니다. 그런가 하면 종교가 있는 사람들은 그들이 숭배하는 신을 그들의 절대적인 주인으로 모시고 있습니다.

물론 그들이 모두 당신의 주인일 수도 있습니다. 그러나 한가지 분명한 것은 그들이 주인이라고 믿고 있는 그 모든 대상들은 결코 당신이 아닌 제 삼자라는 것입니다. 당신은 태어날 때부터 이미 누구의 부름도 없이 이 세상에 나온 것입니다.

그러한 당신이 어떻게 새로운 대상을 당신의 주인이라고 할 수 있겠습니까?

당신의 주인은 철저하게 당신 '자신'입니다. '당신' 이외의 어느 누구도 감히 당신의 주인이 될 수는 없는 것입니다.

따라서 당신은 스스로 '주인의식'을 가져야 하며, '주인으로서의 당신의 인생'을 이끌어 가야 할 것입니다. 그 길만이 당신의 인생에 있어서 '후회하지 않는 내일'을 창조하는 유일한 길입니다. 어두운 밤을 비추는 별빛처럼 당신의 어두운 인생을 비추어 줄 지혜의 언어들을 이곳에 모았습니다. 외로운 삶의 나침반이 되기를 빕니다.

좋은말연구회

차례

part 1

인간(人間)에 대하여

인간이란 이따금 분노에 모든 것을 거는
골치 아프기 짝이 없는 동물이다.
대망경세어록

진심이 없는 인간만이 고의적인
수심과 비탄을 보이고자 하는 법이다.
셰익스피어

인생과 문학을 생각하면 할수록 나는 점점 더 통감한다. 모든 훌륭한 것들의 배후에는 자아가 서 있으며 인간이 시대를 창조 한다는 것을. 와일드

우리가 어떤 말 못할 역경(逆境)의 고통에 처할 때,

우리는 일단의 비장한 마음을 가지게 된다.

법구경

인간은 위대하다기엔 너무나 작은

모래알 같은 일에, 모래알 같은 자기를,

모래알처럼 나타내는 것은 아닌가?

법구경

인간은 너무 강하다든지 너무 만족을 느낄 때에도 경계를 해야 되지만, 지쳤을 때의 소극성도 경계가 되어야 한다. 대망경세어록

인간이란 얼마나 묘한 것인가.

여자를 좋아하고, 권력을 좋아하고,

술을 좋아하고, 게다가 '하나님' 같은

엄청난 것까지도 좋아하니

손도 대지 못할 동물인 것 같다.

대망경세어록

인간은 이 우주 속의 장난꾸러기이다.

오펜하임

인간은 꿈을 먹고 사는 동물이다. 꿈이란, 우리의 삶의 세계를 확장하는 위대한 정신 활동이다. 우리가 우리의 손에 닿고, 눈에 보이고, 귀에 들리는 세계만을 향유 · 파지(享有· 把持)한다면, 그 세계의 협착에 우리는 곧 질식하고 말 것이다. 새로운 꿈이 끊임없이 솟아 나거니, 나그네 길이 언제 끝나리. 법구경

인간이란 자기 의지로 스스로 자신에게
자초한 상처나 병은, 타인에 의해
가해진 상처만큼 고통을 느끼지 않는다.
마키아벨리

인간이 인간에 대해 비굴한 것, 그것이 나를 괴롭힙니다. 이 대우주와의 관련 중에서 나 자신을 생각할 때 나는 도대체 무엇일까요? 우리는 모두 하나같이 작은 인간입니다. 그러나 이런 인간 가운데 실은 신성한 것이 숨겨져 있는 것입니다. 베에토벤

인간의 본질은 고뇌이며, 자기 숙명에
대한 고민이다. 그 결과 온갖 공포,
죽음의 공포가 나온다.
말로

나는 인간이었다. 그것은
싸우며 자란 것을 의미한다.
괴테

인간의 가치는 그 사람이 소유하는 진리에 의해서 측정할 수 없으며, 그 진리를 파악하기 위하여, 그 사람이 기울인 고통에 의해서 측정된다. 레싱

하늘은 여자의 사랑과 같고, 바다는 남자의
사랑과 같다. 사람은 각기 위 아래의 구별이 있고
한계가 있다는 것을 깨달아야 할 것이다.
모리스·톰프슨

이 세상에 불가사의한 것은 많이 있다.
그러나 인간만큼 불가사의한 것은 없다.
소포클레스

가정에서는 친절을, 사회에 나가서는 정직을, 일에 있어서는 철저함을, 교체에 있어서는 예의를, 불행한 자(者)에게는 동정을, 죄악에 대해서는 항거를, 모든 사람에게는 존경과 사랑을, 이것이 인간의 본질이다. 찰스·베닝

삶에 있어서 정신적인 성장은 추구하지 않고, 다만 동물적인 생활만을 아는 인간 상태는, 두렵기 짝이 없다. 그 사람이 오래 살면 살수록 진리의 인간은 시들어 버린다. 조오지·엘리어트

사람에게 성(誠)과 신(信)이 없으면
말과 행동이 모두 거짓이 되어 도저히
사람의 가치를 지니지 못할 것이다. 이것은
마차에 비하면 수레바퀴가 없는 것과 같다.
논어

인간의 영혼은 두 개의 눈을 가지고 있다.
한 눈은 현재를 보고 한 눈은 영원을 본다.
시렌지우스

인간은 항상 방황하고 있다.
방황하고 있는 동안 항상
무엇인가 찾고 있다.
괴테

나쁜 성격의 사람을 보고 분함을 참지 못하는 사람은 극히 좋은 사람이라고 할 수 없다. 왜냐하면 장사를 하는데는 은전도 필요하고, 동전도 필요한 것과 같이 세상에는 이런 사람도 있고, 저런 사람도 있기 때문이다. 라·브뤼에르

인간의 마음은 육체와 함께 완전히
멸망해 버리는 것은 아니다.
반드시 영원한 것으로 남는 법이다.
스피노자

사람에게 눈이 두 개 있다고 해서, 그만큼 더 조건이 좋은 것은 아니다. 한쪽 눈은 인생의 좋은 부분을 보며, 다른 눈은 인생의 나쁜 부분을 보는데 사용된다. 착한 것을 보는 쪽의 눈을 가리워 버리는, 나쁜 버릇을 가진 사람은 많지만 나쁜 것을 보는 눈을 가리워 버리는 좋은 버릇을 가진 사람은 극히 드물다. 볼테르

인간은 소란한 분위기에 익숙해지는 사람과
남의 입을 막으려고 하는 사람의 두 가지 종류가
있다. 소란한 분위기에 익숙해지는 사람은
타인의 행동에는 절대로 간섭하지 않는다.
그러나 남의 입을 막으려는 사람은, 곁에서
타인의 말소리만 들려도, 의자를 약간만 움직여도
즉시 화를 낸다. 이러한 사람은 이 세상에서
자기와 반대되는 사람을 피하고,
저와 닮은 사람만을 찾는다.

알랑

인간을 통해서 사회를, 사회를 통해서 인간을 연구하지 않으면 안 된다. 마찬가지로 정치와 도덕을 별개로 논의하려는 사람들은 그 어느 쪽도 무엇 하나 이해하지 못하게 된다. 루소

역사는 인간을 현명하게 하고, 시는 인간을
고상하게 만든다. 수학은 인간을 영리하게 하고,
자연철학은 인간을 심오하게 하고, 도덕은
인간을 성숙하게 만들며, 논리학과 수사학은
인간을 능력있는 논쟁자가 되게 한다.

베이컨

어느 날 아침 문득

내 자신이 유명해진 것을 알았다.

바이런

나는 있는 그대로의 인간을 사랑한다. 인간의 모든 오욕 · 악덕에도 불구하고 나는 인간을 사랑한다. 인간의 목소리, 물건을 쥐는 따스한 손, 일체의 피부 중에서 가장 발가벗은 인간의 피부, 근심스러운 눈길, 죽음에 대해서 몇 번이나 고민하며, 살아가는 인간을 사랑한다. 헨리 · 밀러

인간은 태어날 때부터 사회적 동물이다.

아리스토텔레스

어쩌면 인간의 진정한 가치는

자신을 경멸할 수 있다는 것일지도 모른다.

산타야나

인간은 무엇일까? 인간은 보람없이 애쓰고, 싸우고, 안간힘을 쓰는 어린아이이다. 모든 것을 요구하지만 아무것도 받을 자격이 없다. 결국 인간이 얻는 것은 자그마한 무덤일 뿐. 카알라일

고뇌는 활동에 대한 박차(拍車)를 가하게 한다. 그리고

활동 속에서만 우리는 우리의 생명을 느낀다.

칸트

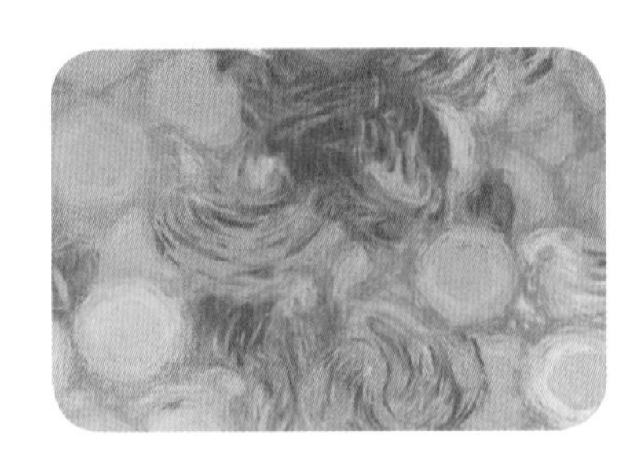

보잘 것 없는 인간, 남의 밑에 깔리는 인간, 가난한 인간 사이에서도 인간의 생활은 다양할 뿐 아니라, 혜택받은 빛나는 인간들 사이에서 보다 더 따스하고 진실한 점이 많다. 헤세

인간은 유연한 동물이다. 다시 말해서
모든 것에 적응하게 되는 그러한 존재다.
도스토예프스키

인간의 삶이란 이렇게도 되었다가
저렇게도 되는 것이기 때문에 오늘의
착한 사람이 내일이면 악당도 될 수 있다.
고리키

자기 나이에 맞는 지혜를 갖지
못하는 사람은, 그 나이가 가지는
온갖 불행을 면치 못한다.
볼테르

인간의 심성(心性)은 본래가 깨끗한 것이다.
인간의 허물이란 그 심성 위에 묻은 때에
불과하다. 그러므로 인간의 모든 허물은
지혜의 목욕물로 씻어 버려야 한다.
불경

인간의 선량한 영혼 가운데는 자연의 존귀한 감정이 숨어있다. 이것은 자신만의 행복을 허용하지 않는다. 자신의 행복을 타인의 행복 가운데서 추구해야 하는 감정이다. 괴테

대포를 쏘고 있는 것을 보면, 그것이
아군의 병사를 쏘고 있는 것이라 할지라도
명중하기를 바라는 심정이 인간에게는 있다.
오웰

알 수 없는 것은 다름 아닌 인간인 것이다.
톨스토이

과거에도 우리들보다 얼마나 우월하고 현명하고
위대하며 고귀한 자들이 살았을 것인가!
그런데도 당대의 우리 인간은 자신들만이
현명하다고 자아 도취되어 있다.
괴테

인간이란 것은 참으로 묘한 것이다.
가령 나는 충족된 희망 한 가운데에
있으면서도 이상하게도 고독에 대해서,
권태와 공허한 나날에 대해서도
희미한 베일 너머로 느껴지는
향수를 곧잘 느꼈던 것이다.

헤세

인간 사이에 있을 때 인간은 인간을 잊는다.
모든 인간에게는 너무나 많은 미래가 있다.
아득한 곳을 보고 아득히 먼 날을 구하는
눈이 있어도 소용이 없는 먼 미래가 있다.

니이체

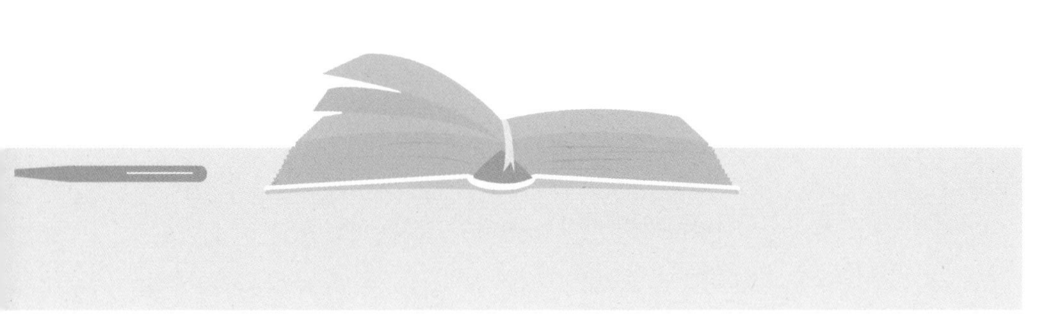

인간이란 차츰 나이를 먹으면
정박지(定泊地)를 갖고 싶어지는 법이다.
그것은 오랫동안 서로 사귀어 온 사람이며
가장 친한 사람이다.
채플린

나는 너희들에게 초인(超人)을 가르친다.
인간은 초극시켜야 할 그 무엇인가이다.
니이체

무엇 때문에 살아야 하는가? 나는 누구냐? 현대인은 가장 중요한 이 두 가지를 확실히 모르고 산다. 그러니 아무것도 아닌 것이다. 다른 것은 다 몰라도 좋지만 무엇 때문에 살아야 하는가? 이 생명을 어떻게 어디에 바쳐야 할 것인가가 있어야 하고, 확실히 내가 있는데 나는 누구인가? 이것이 가장 큰 선결문제인 것이다. 청담조사

인간이란 특히 화가 났을 때
상대를 잘못 보는 수가 있다.
또한 인간은 약한 자를 편드는
본성도 가지고 있다.

대망경세어록

인간이란 필요에 쫓기지 않는 한
선(善)을 행하지 않는 법이다.

마키아벨리

제 아무리 큰 소리 치는 인간도 한 껍질만
벗겨지면 모두 불쌍한 면을 가지고 있다.

대망경세어록

인간의 생활에는 언제나 두 가지 감성적인 면이 있다. 하나는 사사로운 정, 또 하나는 공적인 정이다. 대부분의 인간들은 상황을 둘로 나누어서 생각한다. 그러나 둘로 나누면 공을 위해서 언제나 사사로운 정을 버려야 하는 괴로움이 남게 된다. 여기에서 어떠한 인간인가를 분별할 수가 있다.

대망경세어록

인간의 눈이 얼마나 부정확한가도 잘 알고 있다. 미숙한 사람은 이성으로 사태를 파악하지 않고 감정으로 사태를 파악한다. 좋아하는 것에서는 미비한 점만을 골라내고 싫어하는 것에서는 결점만을 찾아낸다. 그러나 사실은 그렇듯 미숙하고 부정확한 이성 외에는 갖지 않는 것이 백 명 중에 아흔 아홉 명이나 있어 그들이 뒤죽박죽이 되어 서로 부둥켜 안고 울거나 다투는 것이 현실의 세계이다. 대망경세어록

인간은 혼자 있을 때에
아무것도 아니다.
나폴레옹

인간은 인간들보다 재미있다.
신이 자신의 모습을 닮게 하여
만든 것은 인간이었지 인간들은 아니다.
각자의 인간은 만인보다 귀중하다.
지이드

인간 그 생존력의 강함! 인간은 어떠한 상황에도
곧 익숙해지는 동물이다. 나는 이것이야 말로
인간에 대한 최상의 정의(定義)라고 생각한다.
도스토예프스키

인간에겐 두 종류가 있다. 하나는 일을 얻지 못하면 맥이 빠져 버리는 인간, 또 하나는 비록 일이 없어도 반드시 자신에게 무엇인가 할 수 있는 일이 있다고 믿는 인간, 이 두 종류의 인간이 있다. 디즈니

인간은 유연한 동물이요,
모든 일에 숙달될 수 있는 존재이다.
도스토예프스키

인간은 잿더미 속에서도 화려하고,
무덤 속에서도 호화로운 고상한 동물이다.
T·브라운 경

인간은 아직까지도 모든 컴퓨터 중에서

가장 훌륭한 컴퓨터이다.

케네디

인간은 웃을 줄 아는 유일한 동물이다.

W·화이트헤드

인간은, 배고프지 않아도 먹고,

목마르지 않아도 마시며,

사시사철 사랑을 하는 유일한 동물이다.

퀘이커

인간은 누구나 약간이라도

하나님을 닮았다.

마닐리우스

우리 인간은 먼지와
그림자에 불과하다.
호라티우스

인간보다 더 비참하고, 인간보다 더
오만한 것은 이 세상에 없다.
플리니우스

인간의 가장 숭고한 전쟁은
오직 선과 악의 대결이다.
최진용(崔晋榕)

인간은 죽음을 이리 저리
끌고 다니는 작은 영혼이다.
에픽테토스

인간은 아무 것도 알지 못하며,
가르쳐 주지 않으면 아무것도 배울 수 없는
유일한 동물이다. 그는 말도 하지 못하고,
걷지도 못하고, 먹지도 못한다. 다시 말해서
자연의 자극을 받고 울 줄 밖에 모른다.
플리니우스

인간은 정치적인 동물이다.

아리스토텔레스

대부분의 인간은 대국적인 판단을 필요로 하는
문제에는 전망할 줄 모르지만, 개개의 현상을
자신에게 결부시켜 생각하는 경우에는
양식(良識)을 보이는 법이다.

마키아벨리

인간이란 정신이 들어있는
질그릇이다.

호돈

인간은 싫증을 낼 수 있는
유일한 동물이다.

F·프롬

인간이 인간에 대해서 할 수 있는
일이란 오직 악 뿐이다.

도스토예프스키

인간에 대한 신의 수수께끼를 풀겠다는 등의 말을 감히 떠들지 말라. 인간의 올바른 연구자는 인간이다.

포우프

인간이란 비록 지상의 생활이 몇 천 가지 현상으로 마음을 이끌지라도 여전히 진리를 탐구하며 동경하는 눈망울을 저 멀리 천공(天空)에 돌린다. 인간이 천공(天空)을 우러러보는 것은 인간의 마음 속에 자신도 이 큰 세계의 한 시민임을 깊고 명확하게 느끼고 있기 때문이 다. 이 예감 속에서야말로 하나의 알지 못하는 목표를 향한 영원한 지향의 비밀이 있는 것이다. 괴테

인간만이 깊게 괴로워 한다. 따라서 인간은 웃음을 발명하지 않을 수가 없었다. 가장 불행하고 가장 우울한 존재가 당연하게도 가장 쾌활한 존재이고자 하는 것이다.

니이체

현재에는 없는 과거에 집착하는 인간은

미래까지 어리석게 하는 못난 인간이다.

최진용(崔晋榕)

너무나 많은 것을 요구하고,

복잡하고 까다로움 속에 기쁨을 느끼는

인간은 항상 혼미의 위험 속에 서게 된다.

괴테

의지가 굳은 사람은 훌륭한 사람이다.

그런데 의지가 굳은 사람은 잠시동안 고통을 받는다.

그러나 고통은 오래가지 않는다.

테니슨

아침 날씨가 그 날의 날씨를 나타내듯이

인간은 어릴 때부터 이미 성인의 모습을 볼 수 있다.

밀턴

참으로 인간만큼 놀랍도록 공허하고,

각양각색이며, 또 변하기

쉬운 것은 없다. 인간에게 일정하고

불변한 판단을 정립하기란 용이하지 않다.

몽테뉴

인간은 선천적으로 태어났을 뿐 아니라

또한 후천적으로 생활한다.

괴테

개개의 인간은 하나의 성격을 완전한 형태로 지닐 수가 없다.

살기 위해서 인간은 여러가지 성격을 갖지 않으면 안될 것이다.

쇼펜하우어

부끄러움이란 인간이 가지고 있는

자랑거리의 하나이다. 부끄러워 할 줄

아는 인간은 죄를 범하는 확률이 극히 적다.

탈무드

인간이여, 너는 눈물과 미소 사이를

왔다 갔다 하는 시계추이다.

바이런

'이용'이라 함은 무엇이든 가치있게 쓰는 것을 말한다. 사람이 물건을 이용할 때는 일방적인 이용 가치가 문제 되겠지만, 사람이 사람을 이용하는 경우는 상대적 이용 가치가 문제된다. 아나톨·프랑스 인간은 하나의 갈대에 지나지 않는다.

자연 가운데서도 가장 약한 존재이다.

그러나 인간은 생각하는 갈대다.

파스칼

다른 사람의 평만 듣고 다른 사람을 판단하지 마라.

그대 자신도 자기 자신을 잘못 판단하기 때문이다.

앙리·드·레니에

승리를 지향하는 사람의 눈은,

결코 곁눈질을 하지 않는다.

디피루스

인간이 근원적이면 근원적일수록

그만큼 불안도 깊어진다.

키에르케고르

얼마나 많은 사람들이

죄 없는 사람들의 피와 목숨으로

살아가고 있는가!

라 로슈프코

참다운 정열이란 마치 아름다운
꽃과 같다. 그것이 피어난 곳이
메마른 땅일수록 한층 더 아름답게 보인다.
발자크

인간은 자기 자신을 올바로 알아야 한다.
이것이 진리를 발견하는 데는
도움을 주지 못한다 할지라도 최소한
자기의 인생에 도움을 준다.
브하그완

신경질이 많은 사람은 자기 자신에게
귀를 기울이는 일이 적다.
법구경

만약 영리한 자(者)들이 좀 더
선량해지고, 선량한 자(者)들이 좀 더
영리해진다면 이 세상은 한층 많이 좋아질 것이다.
워즈워드

가정을 다스리지 못하는 사람이 어찌
천하를 다스릴 수 있겠는가!
천하에 커다란 공을 세우는 사람은
반드시 그 가정을 잘 다스린다.
헨리·포오드

인간은 어머니의 태내에서 벌거숭이로 태어났으므로 다시 벌거숭이로 흙으로 돌아가는 것은 당연하다. 이와같이 신은 결국 자기가 베푼 것은 자신이 도로 찾아 간다. 도스토예프스키

인간이란 천국을 기억하고 있는,
땅 위에 사는 신이다.
라마르티느

모든 인간의 지식 가운데
가장 유용하지만, 가장 진보하지 않은 지식은
인간에 관한 지식이라고 생각한다.
루소

자(者)는 인격을 지닌 사람이다.

괴테

자신이 똑똑하다고 생각하는 인간은

어리석은 인간이다. 왜냐하면 인간은

단 한 번이라도 어리석은 짓을 하지 않는

일은 없기 때문이다.

볼테르

나를 알고 싶으면 타인을 보면 된다.

타인의 존재는 언제나 자기 자신을

비추는 거울이기 때문이다.

비어스

이 지상에서 최고의 행복을 지닌

자(者)는 인격을 지닌 사람이다.

괴테

인간의 야수성에 대해 거짓되고 병적인
이상주의의 옷을 입히는 것보다는, 솔직하게
야수적으로 놔두는 것이 인간에게 훨씬
위험이 적을 것이다.

로망 롤랑

나의 가장 강한 장점은 자기극복이다.
그러나 나는 또한 그것을 가장 필요로 하고 있다.
나는 언제나 깊은 물 속에 들어 있다.

니이체

인간은 돈을 추구해서 사는 것이 아니다.
언제나 인간의 탐구 대상은 인간이다.

푸시킨

어느 누구도 잠자리에 누운 얼굴을 보면
성인과 우인이 없다. 그러나 눈을 떴을 때
인간은 그 행동에 의해서 성인과 우인이 구분된다.

니이체

인간의 위대함은 인간 스스로 자신의 비참함을 깨닫는 것이다. 수목은 자신이 비참하다는 것을 깨달을 수 없다. 따라서 인간이 자신의 비참함을 안다는 사실은 비참하다고 할 수 있지만, 깨닫는 그 자체는 참으로 위대하다. 파스칼이 세상에서 인간만큼 흉악한 동물은 없다.
늑대는 서로 잡아먹지 않지만 우리 인간은
인간을 살아 있는 채로 죽인다.
가르신

인간은 만물의 영장이다.
프로타고라스

인간의 본질은 고뇌이며,
자기 숙명에 대한 번뇌이다. 그 결과
모든 공포가 거기서 생겨난다.
말로

남에게 의지하는 경우 그 기대가 무너지는
경우가 많다. 새는 자신의 날개로 날고 있다.
따라서 인간도 자기 자신의 날개로 날아야 한다.
르낭

인간은 사회적 동물이다.
아리스토텔레스

우리 인간은 식인종의 야만성을 냉소하며, 자못 고상한 문명인 같은 얼굴을 한다. 그러나 상대를 먹기 위하여 싸우는 인간과 상대를 그저 죽이기 위해서 싸우는 인간은 도대체 어느 쪽이 야만이란 말인가? 모파상 인간만이 얼굴을 붉힐 수 있는 존재이다.
또한 그렇게 할 필요가 있는 존재이다.
마크 트윈

인간에게는 세 가지의 유혹이 있다. 지저분한 육체의 향락과, 잘났다고 뽐내는 교만과, 지나친 욕심이다. 이러한 유혹을 물리치지 못하면 모든 불행은 미래까지 계속된다. 레나우

인간은 내일 아침에 대해서,
일련의 공포와 희망과 걱정을 갖는다.
쉴러

이 세상에 불가사의 한 것은 많다.
하지만 인간만큼 불가사의한 것은 없다.
소포클레스

어리석은 자여, 인간이란 무엇인가?
싸우고, 초조해 하고, 모든 것을 요구하고,
아무 것도 받을 가치가 없는, 작은 무덤
하나가 그가 얻는 모든 것이다.
카알라일

인간은 때로는 잘못을 저지르면서,
다리를 뻗어 비틀거리며 전진한다.
스타인벡

인간은 행복을 누리기 위해서 사는 것이

아니라, 의무를 수행하기 위해서 산다.

칸트

인간의 약간은 좋은 사람들이요,

약간은 중간치기이고,

대부분은 악한 사람들이다.

마르티알리스

내가 인간에 대해 정확히 아는 유일한 것은, 인간성이 변화한다는 것이다. 내가 말할 수 있는 인간성의 유일한 속성은 변화이다. 와일드

인간은……신(神)과 하늘의 이슬로부터,

눈물과 한 방울의 빗물로부터 내려오는

거품이라고 그리스의 속담은 말했다.

J · 테일리

인간은 신(神)의 걸작품이다.

F · 퀄즈

인간의 본성은 확실히 확고부동하면 두려워하고,

존경을 받으면 거만해진다.

투키디데스

모든 아니꼬운 문명동물(文明動物) 중에서 내가 미워하고 경멸하는 것이 있다면, 그것은 세상 물정에 밝은 세속적인 인간이다. H·A·조운즈

자연(自然)은 회전(回轉)하지만,
인간은 전진(前進) 한다.
영

세상에는 무엇 하나 진실한 것을 기획하지
않는 까닭에 실수도 전혀 없는 인간이 있다.
괴테

인간의 생활 방식과 인습은 자주 바뀌지만,
인간의 본성은 언제나 똑같다.
체스터필드 경

인간은 동물 중에서 가장 미련하며, 또한 가장 영리하다.
디오게네스

인간은 죽을 때까지도 완전한
인간이 되지 못한다.
프랭클린

자기를 해친 사람을 미워하는 것은 인간의 본성이다.
타키투스

넘어진 사람을 발길로 차는 것이
인간의 본성(本性)이기도 하다.
아에스킬루스

인간은 이 우주 속의 장난꾸러기이다.
오펜하임

인간에게는 불행이나 빈곤, 또는 질병이 필요하다.
그렇지 않으면 인간은 오만해지기 때문이다.
투르게네프

야수(野獸)가 장난삼아서 살생(殺生)하는 일은 결코 없다. 인간만이 자기 족속을 괴롭히고 죽이는 것 자체를 즐긴다. J· A·프루드

인간 본성의 비꼬인 타락으로, 인간은 가장 원했던 것을 소유하는 순간에는 가치없는 것이라고 생각하며, 이룰 수 없는 것에 대한 쓸데없는 소망으로 자기 자신을 괴롭힌다. 페늘롱

인간은 결코 자신보다 높은 것은 아무것도
볼 수 없을 정도로 낮게 떨어지지는 않는다.
T·파커

아담도 인간에 불과했다. 이 한 마디가
모든 것을 해명한다. 그는 사과 그 자체를
원한 것이 아니라, 그것이 금지된 것이기
때문에 원한 것이다.
마크 트윈

인간들은, 자신들에게만 맡겨두면,
스스로를 통치하기에 적합하지 않다.
워싱턴

인간에게 경이(驚異)는 결코 멈추지 않을 것이다.
개리크

인간은, 생물학적으로 보면, ……모든 맹수들 중에서도 가장 가공할 만한 존재이며, 또한 그들의 동족을 조직적으로 잡아먹는 유일한 맹수다. W·제임즈

신기한 것을 탐내는 것이 인간의 본성(本性)이다.
플리니우스

악마들이 그려 보이는 것처럼, 항상 이 세상을
굳이 암흑으로 보는 자는 비참한 인간이라고
말하지 않을 수 없다.
괴테

일개의 인간 이상인 것일 뿐 아니라 인간

그 자체, 인간 전체이지 않으면 안된다.

로망 롤랑

세상에는 진정한 결함도 없거니와 확실한

장점도 지니지 않은, 불면 날아갈 듯한,

얄팍한 인간이 있다.

라 로슈프코

part 2

자아(自我)에 대하여

너 자신을 아는 것을 너의 일로 삼으라.

이것은 세상에서 가장 어려운 교훈이다.

세르반테스

네가 네 자신을 알려거든, 다른 사람들이 너에게

어떻게 하나 보기만 하라.

네가 다른 사람들을 이해하려거든, 다른 사람들을

네 자신의 마음속으로 들여다보라.

쉴러

자기가 가고 있는 곳을 알지 못하는

사람은 결코 높이 오르지 못한다.

크롬웰

나는 모든 것을 잃고 나 자신을 발견했다.
클라크

왕의 가장 위대한 미덕은 자기 자신을 아는 것이다.
마르티알리스

자신에 대한 신뢰는 영웅적 요소에
필수적인 것이다.
에머슨

누구든지 자기가 제일이라고 생각한다.
라블레

자기 자신을 알 수 있는 사람이야말로
진정한 현인이다.
초서

나는 내가 무지(無知)하다는
사실 외에 아무것도 모른다.
셰익스피어

나 자신 이외에 나에게 평화를
가져다 줄 수 있는 존재는 없다.
에머슨

인생에 있어서 가장 큰 일은 자기를 발견하는 것이며, 그러기 위해서 여러분은 이따금 고독과 심사(深思)를 필요로 한다.

프리쵸프·난센

어쩌면 인간은 우주를 알지 모른다.
그러나 자기 자신은 알지 못한다.
자기 자신에 대해서는 어느 우주를
아는 것 보다도 무지하다.

체스타튼

자기 자신에게 이기는 것은
승리 중에서도 최대의 승리이다.

플라톤

자기가 알고 있는 것을 연구하며,
자기가 사랑하는 사람일수록 주의 깊게 보는 것,
이것이 곧 성숙한 인간의 즐거움이다.

상트·뵈에르

인간은 자기가 존재하는 이유를 알고 있다. 인간은 자기를 의식하고, 자기 세계를 탈주하며, 계획을 세웠다가는 변경한다.

야스페르스

우리는 우리의 의견이나 판단을
타인이 반대할 때에 화를 낸다.
그러나 그 화내는 근원을 잘 살펴보면
우리의 의견이나 판단이 정당하다는
완전한 확신은 없는 것이다.
만약 어떤 사람이 당신 보고
둘에다 둘을 합하면 다섯이라고 했다면
당신은 화를 낼 것인가?
아니면 웃어 버릴 것인가?
화를 낸다는 것은 먼저 당신 자신의 판단이
불확실한 데서 나온 감정임을 알아야 한다.
러셀

사람은 자기 자신을 의탁할 자기의 세계를 가지고 있어야 한다. 자기의 마음속에 그리고 있는 자기의 세계에 충실하였느냐가 문제인 것이다. 사람에게 가장 슬픈 일은 자기의 마음속에 의지하고 있는 세계를 잃어버렸을 때이다. 나비에는 나비의 세계가 있고 까마귀에는 까마귀의 세계가 있는 것과 같이 사람도 제각기 자기가 믿는 존재에서 정신의 기둥이 될 세계를 가지고 있어야만 한다. 만약 당신이 당신의 마음과 딴판인 곳에서 헤매고 있거든 다시 자신의 세계로 돌아가야 한다. 헤겔 자기라고 생각하는 그것은 자기가 아니다. 반성하고, 사고(思考)하고, 노력 하는 것이 참된 자기 자신인 것이다. 노만·필

사람이 온 세계를 얻더라도
그 혼을 잃으면 무슨 소용이 있겠는가?
성서(聖書)

군중이란, 설령 좋은 사람만 모인 곳에서라도
동물적인 악한 면만 나타내는 것이고,
인간의 본성적 약점과 잔인성만 보이는 법이다.
톨스토이

자기 스스로 사물을 생각하지 않는 자(者)는 다른 사람의 사상에 예속된다. 자기의 사상을 다른 사람에게 예속시키는 일은 자기의 육체를 남에게 예속시키는 일보다 훨씬 굴욕적인 노예 행위이다. 자신의 머리로 생각하라. 그리고 다른 사람이 당신을 가리켜 뭐라 하건 상관하지 말라. 톨스토이

존재는 어떠한 직접적인 접근, 말하자면
권태라든가 메스꺼움과 같은 방법으로
우리들 앞에 노출되어 나타날 것이다.
사르트르

나는 존재한다. 그러나 나는 그 존재 이유를
발견하고 싶은 것이다. 내가 왜 살고 있는지를
알고 싶은 것이다.
지이드

이 세상에서 가장 친절한 교사도
자기 자신 뿐이다. 가장 진실한 교재도
자기 자신 뿐이다. 가장 정밀한 교안도
자기 자신 뿐이다.
법구 비유경

세상 사람들은 항상 자기 정면을 본다. 나는 눈을 내부로 돌린다. 거기에 촛점을 박고 응시 한다. 각각 사람들은 자기 앞을 본다. 나는 자신의 내부를 본다. 오직 나만이 나의 상대인 것이다. 끊임없이 나를 고찰하고 나를 검사하고 나를 음미(吟味)한다. 타인들은 항상 다른 곳으로 간다. 잘 생각해 보면 알 일이다. 우리들은 항상 앞으로 나아간다. 어느 누구도 깊이 자기 심저에 내려가려고 하지 않는다. 나는 나 자신의 내부에서 뒹군다. 몽테뉴

그대가 만약 선인(善人)이 되기를 원한다면
먼저 그대 자신이 악인임을 알라.
에픽테토스

우리들은 자기 자신을 거추장스럽게 생각하고 곤란해하는 존재자의 퇴적이었다. 우리들은 누구 하나 조금이라도 거기에 그러고 있는 이유를 지니고 않았다. 각각 존재하는 자는 당황하고, 어쩐지 불안하고, 서로 타인과의 관계에서 무익한 자라는 것을 느끼고 있었다. 사르트르

빛이 밝아질수록 우리들은 생각했던
것보다 자기 자신이 더 나쁘다는 것을
알게 된다.
페늘롱

자기가 지니고 있는 지위보다
지니고 있지 않은 지위가
더 훌륭하게 보이기 쉽다.
라 로슈프코

자신을 정복시킨 사람보다

훌륭한 정복자는 없다.

H·W·비처

사람은 자기 자신 외에는 어느 누구도 생각해서는 안된다. 무한한 자기 책임의 한 중앙에서 도와주는 사람이 없는 이 세상에 버림받은 외톨이이며, 스스로 설정한 목적 아니면 아무런 목적도 없으며, 이 세상에서 자기 혼자 힘으로 만드는 운명 외에는 다른 어떤 운명도 있을 수 없다는 것을 먼저 이해하지 않고서는 어떤 것도 피할 수 없다. 사르트르

자기 자신을 이겨낼 수 있는

힘을 가진 사람이 가장 강하다.

세네카

자신(自信), 그것은 유일한 값진 친구요,

모든 선한 정신의 후원자이다.

채프먼

자신을 좋게 말하지 말라. 그러면 당신은

믿을 수 없는 사람이 될 것이다. 또 자신을

나쁘게 말하지 말라. 그러면 당신은 당신

말대로 취급받을 것이다.

루소

나는 나 자신을 제외하고는 모두 안다.
F·비용

자기 자신을 사랑하든가 칭송하는
사람치고 고독한 사람은 없다.
T ·레이크

한 발 물러서서 너 자신이 지나가는
것을 바라보라. 그리고 너 자신을
너 대신 그 사람으로 생각하라.
길릴런

누가 무엇을 하고 있건, 그것을 볼 때마다 되도록이면 '이 사람은 무슨 목적으로 이러한 일을 하고 있는가' 하고 생각해보는 버릇을 가지라. 그리고 그대는 그대 자신이 그것을 실행하여 우선 체험을 해 보라. 아우렐리우스

자기 자신을 정복하지 못한 사람은
결코 자유로울 수 없다.
에픽테두스

자기 자신을 자제(自制)하는 사람은,

자신의 즐거움을 쉽게 찾아낼 수 있는 만큼

쉽게 슬픔을 이겨낼 수 있다.

와일드

이 세상에서 단 한 사람, 나 자신만이

내가 해야 할 일을 결정할 수 있다.

오손 웰스

자신을 안다는 것은 다른 사람을

안다는 것이다.

P·리프

자기 자신이 온 동네의 얘기거리가

되고 있다는 것을 자기 자신만 알지 못한다.

오비디우스

저승으로 가는 문이 얼마나 좁든,
두루마리 책이 얼마나 많은 죄로 가득차 있든
그것은 상관없다. 나는 내 운명의 주인이며,
나는 내 영혼의 선장이기 때문이다.
W· E·헨리

그대에게 가장 중요한 일은 그대가 자기 자신을 어떻게 이해하는가 하는 것이다. 왜냐하면 그에 따라서 그대는 불행하게 되기도 하고 행복하게 되기도 하기 때문이다. 그대의 행, 불행은 결코 남이 그대를 어떻게 이해하는가에 달려있는 것이 아니다. 다른 사람을 의식할 필요는 없다. 어떻게 하면 자기 자신의 영적인 생활을 약하게 하지 않고 강하게 할 것인가만 생각하면 되는 것이다. 톨스토이

세상에서 가장 좋은 벗은 나 자신이며, 세상에서 가장 나쁜 벗도 나 자신이다. 나를 구할 수 있는 가장 큰 힘도 나 자신 속에 있으며, 나를 가장 악하게 해치는 무서운 칼날도 나 자신 속에 있다. 이 두 가지 중 어느 것을 쫓느냐에 따라 자신의 운명이 결정된다. 웰만

사람들은 타인에게 속는 경우보다
자기 자신에게 속는 경우가 많다.
그리고 다른 사람의 거짓말보다
자기가 만들어 낸 거짓말을 더 잘 믿는다.
도스토예프스키

용감한 사람일수록 자신의 운명은
자신이 만들어 낸다.
세르반테스

인간은 그가 사랑하는 사람에게
가장 쉽게 속아 넘어간다.
몰리에르

사람은 어떻게 자기 자신을 알 수 있는가? 그것은 성찰에 의해서가 아니라 행동에 의해서이다. 그대의 의무를 완수하고자 시도해 보라. 그렇게 하면 그대는 당장 그대가 누구인가를 알 것이다. 그러면 그대의 의무는 무엇인가? 그날 그날 완수해야 할 사항이다.
괴테

현명한 사람은 자기 자신의 정열의
주인이 된다. 그러나 어리석은 사람은
자기 자신의 정열의 노예가 되어 버린다.
실래지우스

인생은 즐겁다, 또는 괴롭다 라고 말할 것이 아니다.
이것은 자기 자신이 어떻게 생활했느냐에 따르는
문제이기 때문이다. 따라서 나를 구원할 수 있는 것은
나 자신 뿐이다. 나 자신을 내가 구원하지 않으면
도대체 어느 누가 구원할 수 있단 말인가?
참을 것은 참고, 전진해 갈 때 전진하고, 물러설 때
물러설 수 있도록 자신의 행동을 적절하게 조절할 수 있는
힘만이 나의 빛이다.
파스칼

자기 자신에 대해서 모든 것을
아는 사람은 타인에 대해서도
모든 것을 아는 사람이다.
와일드

소심한 사람의 고통은 자기에 대한
타인의 평가가 어떠한지 모르는
일에서 발생한다. 그러므로 자기 자신에 대한
어떠한 평가든 간에 분명하게만
알게 된다면 그 고통은 금방 사라진다.

톨스토이

나 자신의 발견이야말로 참다운 삶의 보람이다.
사랑은 주는 것이지 받는 것이 아니다.
나 자신은 곧 대우주(大宇宙)이다.
신(神)을 믿지 않는 자는 신을 모르거나
신을 두렵게 생각하는 자이다.
사람의 보람은 돈에 있는 것이 아니라
먼저 그의 마음에 있다.

최진용(崔晋榕)

자기완성(自己完成)은 인간의 내면적(內面的)인 일이지만 또한 외면적인 일이기도 하다. 인간은 다른 사람들과 사귀는 일 없이는 완성될 수 없다. 그 사람이 다른 사람들에게 미치는 영향을 생각하지 않고는, 그 사람의 완성에 대하여 생각할 수는 없다.

톨스토이

절대적으로 완전한 것은 하늘의 법칙이다.
완전한 하늘의 법칙을 깨닫기 위해서
스스로의 모든 노력을 기울여야 함은
인간의 법칙이다. 항상 끊임없이 자기 완성을
위하여 노력하는 사람은 성인(聖人)이다.
성인은 선(善)과 악(惡)을 구별할 줄 안다.
그는 선을 찾아내어 그 선을 잃지 않으려 하며
항상 그 선을 쫓아다닌다.

공자(孔子)

참으로 이상스러운 일이다! 사람들은 외부, 즉 타인에게서 받는 악에 대하여서는 화를 내고 싸우지만, 자기 자신 속의 악과 싸우려고는 하지 않는다. 타인의 악은 제아무리 애를 쓰더라도 고칠 수가 없지만, 자기 자신 속의 악에는 이겨 나갈 수가 있는 법이다.

오레리아스

part 3

진리(眞理)에 대하여

술은 강하다. 왕은 더 강하다.

여자는 한층 더 강하다.

그러나 진리는 이보다도 한층 더 강하다.

루터

소년기의 이상주의 속에서야말로

인간에게 있어서 진리가 인식되는 시기이며,

소년기의 이상주의야말로 무엇과도

바꿀 수 없는 인간의 부(富)이다.

슈바이처

모든 위대한 진리는 처음에는
모독의 말로써 출발한다.
버나드·쇼

진리는 피할수록 멀어져만 간다.
그러나 진리는 못(釘)과 같다.
즉 머리를 때리면 때릴수록 더 깊이 들어간다.
서양 격언

많은 사람들이 그리스도가 십자가를 짊어질 때 어떠한 태도를 취했던가! 어떤이들은 지구가 태양의 주위를 돈다는 진리에 반대해서 갈릴레오를 개처럼 끌고 다녔다. 그 진리를 긍정하는데 그들은 50년의 세월이 걸렸다. 다수가 옳은 것이 아니다. 진리가 옳은 것이다. 입센

진리를 깨닫는 데 방해가 되는 것은
허위를 추구하는 일이라고 한다. 그러나
진리를 깨닫는 데 가장 방해가 되는 것은
진리를 꾸미는 태도 바로 그것이다.
인도 격언

진리는 떠들며 토론한다고 얻어지는 것이 아니다.
진리는 오직 근로와 자기 성찰에 의해서만
얻을 수 있는 것이다. 그리고 그대가 어느 하나의
진리를 깨닫게 되면 그 진리가 그대 앞에
여신(女神)과 같이 잡힐 듯 잡힐 듯 할 것이다.
존·러스킨

세상에 번민하지 않는 사람은 없다. 번민은 욕심에서 생긴다. 그러나 우리는 다행히도 욕심 보다 더 강한 마음을 하나 가지고 있다. 그것은 진리를 갈망하는 마음이다. 만약 진리를 찾는 마음이 욕심보다 약하다면 세상에서 정의의 길을 찾아가는 자(者)는 얼마나 될까? 어거스틴

진리는 인간이 보존하는 최상의 가치이다.
초서

진리는 시간의 '딸'이지
권위의 '딸'이 절대 아니다.
베이컨

진리의 옹호자, 진리가 옹호자를 발견하는
가장 드문 시기는 진리가 위험한 때가 아니라,
옹호자가 권태를 느낄 때이다.
니이체

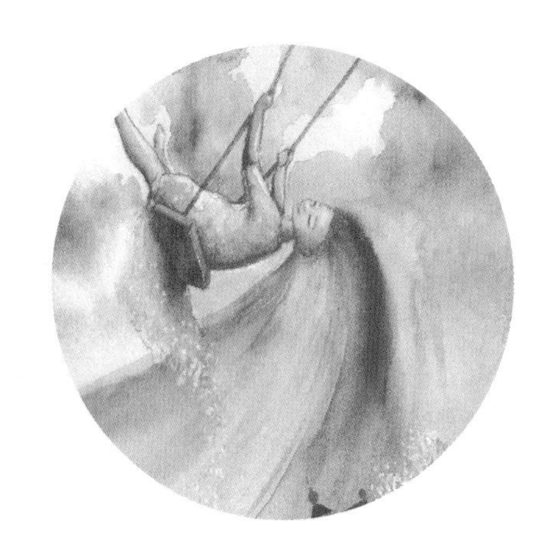

당신이 거울 앞에 설 때, 당신은 당신이 인간이라는 것을 알게 되겠지만, 이것으로는 당신이 인간이라는 것을 결코 입증 할 수가 없다. 당신이 행하는 진리에의 탐구가 성장하여 높은 차원으로까지 올라가 당신의 모든 의식이 당신의 질문 속으로 변형되어 들어가지 않는 한, 당신은 결코 인간이 될 수 없다. **브하그완**

절대적인 진리는 쉽게 붙잡을 수 있는
가까운 곳에 있다. 그것은 타인의 손에 의해서
붙드는 것이 아니고, 자기 자신이 스스로 붙드는 것이다.
사르트르

진정한 진리는 진리처럼
보이지 않는다.
도스토예프스키

논쟁할 경우엔 상하도 신분도 연령도
성명도 없다. 진리 이외에는 아무 것도 없고
진리 앞에서는 만인이 평등하다.
로망 롤랑

옛날에는 진리가 아주 높고 높은 곳에 있는 줄만 아는 분이 많았는데, 요즘에 와서는 평범 가운데 진리가 있다는 것을 많은 사람들이 깨우치고 있다. 그러나 이것보다도 더욱더 깨우쳐야 할 일은 진리 가운데 참 진리는 평범 이하의 평범 가운데 있다는 사실이다. 청담 조사

도덕적인 것처럼 보이는 하나의 명백한 사실이 있다. 그것은 바로 인간은 항상 자기 자신의 진리에 사로잡혀 있다는 것이다. 한 번 진리를 인정해 버리고 나면 거기에서 빠져나올 수 없는 것이다. 까뮈

진리를 등불로 하고
진리를 의지하라.
불경

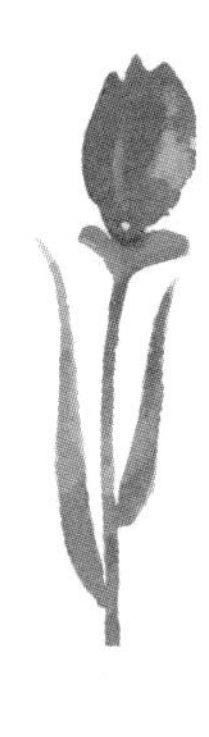

현대의 세계에는 모든 사람이 진리없이
또는 진리를 알려는 의욕없이 살고 있다.
모든 시시한 것 가운데서도
가장 시시한 일이 인간의 삶을 탐구하는
일이라고 믿고 살아가고 있다.
톨스토이

진리는 영원히 절대적인 것이다.
그러나 견해(見解)는 보는 사람의 기분과
기질과 성향을 통해 길러진 이치이다.
W. 필립스

진리는 어느 하나의 신조 속에
포함되었던 적도 없고, 또 포함될 수도 없다.
워드 부인

우리는 우리가 지위도 없고 명예도 없는 것을 부끄러워하지 말자. 더구나 그러한 자신이라 경멸하지 말자. 어느 누구의 인생에 있어서도 진리와 광명은 가득 차 있는 것이다. 법구 비유경

아무 것도 하지 않는 인간들은 결코
착각하는 일이 없다.
그러나 진리를 향해 노력하는
사람의 과실은 그 결실이 풍성하다.
로망 롤랑

진리가 곧 마음이요, 마음이 부처요, 부처가 곧 신이요, 신이 곧 우주요,
우주가 곧 마음이요, 마음이 곧 진리로 돌고 돌아가는 것이다. 청담조사

가장 깊은 진리는 가장 깊은
사랑에 의해서만 열린다.
하이네

진리는 인위적으로 만들 수 없고,
투표로 옳고 그름을 가리지 못한다.
카알라일

그대가 항상 진리로서 혹은 진실한 것으로서 사랑해 오고 있던 것이 지금의 그대에게는 오류라고 생각될 것이다. 그대는 진리를 떠밀고 진리에 대해서 그대의 이성이 승리를 얻었다고 생각하고 있다. 그러나 아마도 그 오류는 그대가 아직도 별개의 인간이었던 그 당시와 같이 그대는 지금도 별개의 인간인 것이다. 그대에게 있어서는 그대의 현재의 '진리'가 필요했던 것이다. 그 오류는 말하자면 그대가 아직 보는 것을 용서받지 않은 많은 것을 그대의 눈에 감추고 있던 일종의 패퇴였던 것이다. 이전의 그 설을 묻어 버린 것은 그대의 이성이 아니고 그대의 새로운 생활인 것이다. 그대는 벌써 그 설을 필요로 하지 않았고 벌써 그것은 자연에 붕괴되어 그 속의 부조리가 벌레처럼 밖으로 기어 나오는 것이다. 니이체

위대한 체험적(體驗的) 인격자를
생각할 수 없는 진리, 그것은 어딘가 쓸쓸해
보인다. 마치 봄에 피지 않는 꽃처럼.
법구경

진리의 신에 대한 충성은, 다른
모든 신에 대한 충성보다 가치있다.
간디

내 마음 외에는 진리가 없는 것이니 새로이
진리를 구하지도 말 것이며, 오직 자기
마음에 있는 일체소견을 다 버리면 된다.
청담조사

세 사람이 한 자리에 모이면 그 의견이 모두 제각기 다르다. 당신의 의견이 비록 옳다 하더라도 무리하게 남을 설복시키려고 하는 것은 현명한 일이 아니다. 모든 사람들은 설복당하기를 싫어하기 때문이다. 의견이란 못질과 같아서 두들기면 두들길수록 자꾸 깊이 들어갈 뿐이다. 진리는 인내와 시간이 저절로 밝혀 준다. 스피노자

진리를 볼 필요가 없는 사람들에게
인생은 얼마나 마음 편한 것일까?
로망 롤랑

잘못된 신념은 거짓말보다
진리의 더 큰 위험한 적이다.
니이체

진리가 나를 인도하여 주는데
무엇이 두려우랴.
간디

인간의 가치는 그 각자가 지니고 있는
진리로서 파악할 수 있다.
러셀

진리에 대한 탐구가 시작되는 곳은
언제나 인간으로부터이다.
존 러스킨

남과의 언쟁에 있어서 화를 내기 시작하면
그때는 이미 진리를 위한 언쟁이 아니라
자기 자신을 위한 언쟁이 되어 버린다.
카알라일

진리, 그것은 생명이다. 진리를 머리속에서
찾으려 해서는 안된다. 다른 사람들의
심정(心情) 속에서 구하라……
다른 사람들의 생을 알고, 그 운명을
받아들이고, 그것을 사랑하라.
로망 롤랑

진리의 고리(環)는 하나 하나
서로 굳게 결합되어 있다.
괴테

모든 참된 행복은 진리와 함께 있고,
모든 참된 기쁨도 진리와 함께 있다.
진리가 떠나는 날 행복도 함께 우리 곁을 떠난다.
로거우

진리는 현자(賢者)를 위해서 존재하고,

미(美)는 느끼기 쉬운 마음을 위해서 존재 한다.

진리와 미(美)는 서로 상호 보충하는 것이다.

베에토벤

진리는 하나, 오류는 무수히 많다.

보봐르

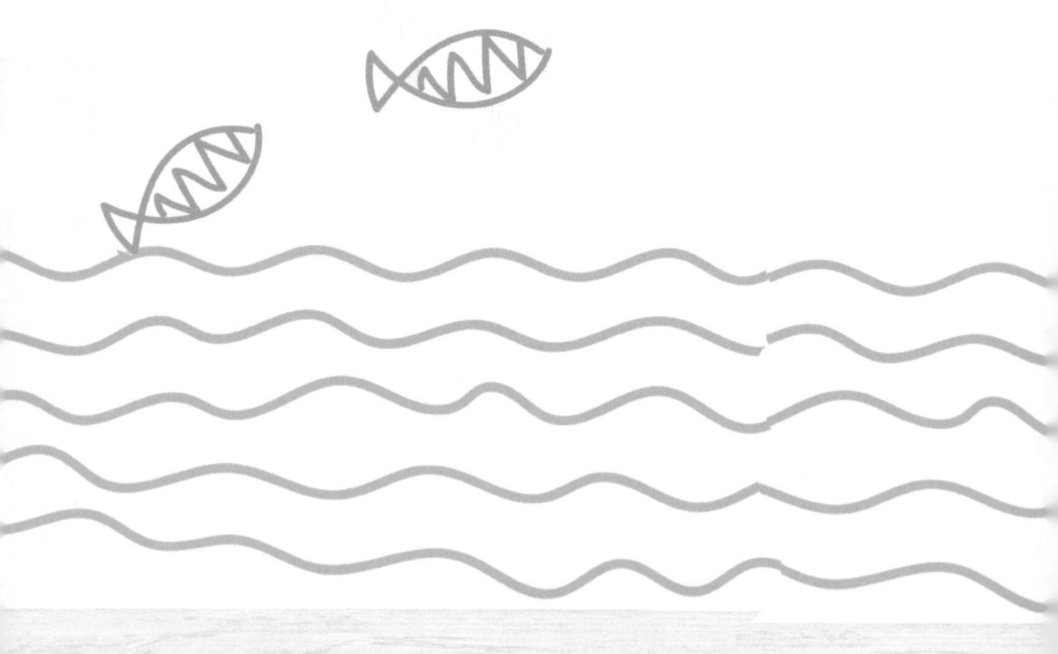

진리에는 연령이 없다.
로댕

모든 진리가 칼날을 가지고 우리의 살을 베어 들어 오지 않는 한 우리는 가슴 속 깊이 남몰래 진리를 멸시하는 마음을 가지고 있다. 진리는 날개가 돋힌 꿈과 같이 보여서 가져도 좋고, 가지지 않아도 좋은 것처럼 생각된다. 니이체

진리는 안개를 흩어버리지 않고도,
안개를 뚫고 반짝이는 횃불과 같다.
엘베시위스

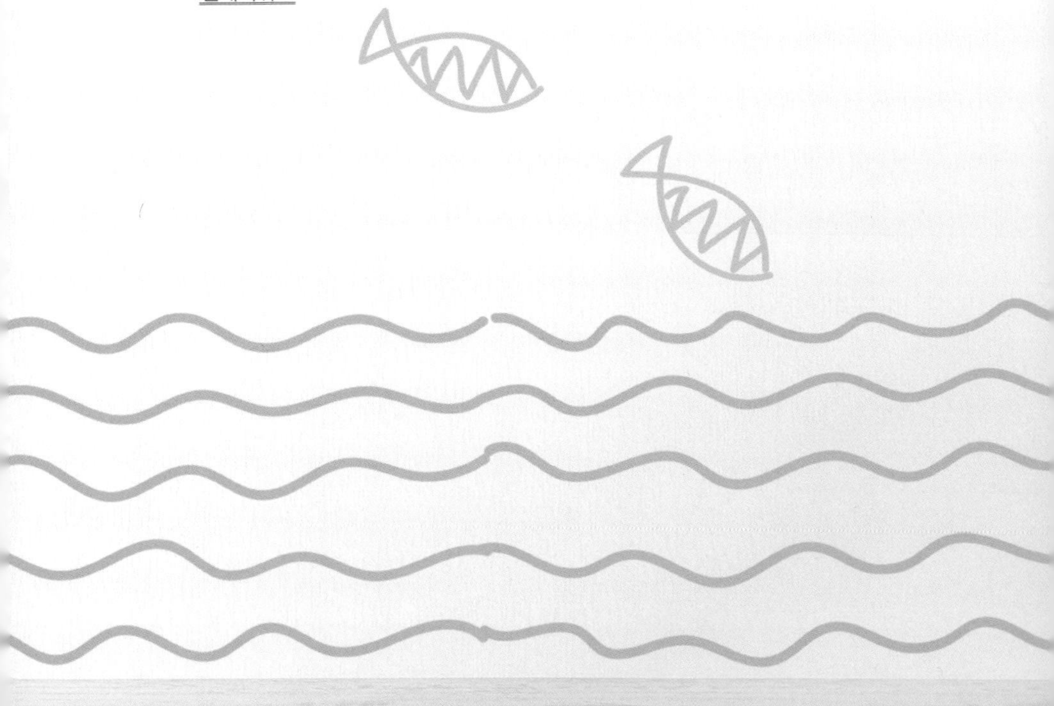

용기 · 명예 · 자랑 · 동경 · 정의와 자유에의 사랑,

이런 것은 모두 마음에 와닿는 것이다.

그리고 우리들이 진리를 알고 있는 한,

마음이 꽉 잡고 있는 것이 진리가 되는 것이다.

포크너

진리는 흔히 빛을 빼앗기기는

해도 결코 꺼지지 않는다.

리비우스

진리는 공평하고 항구적인 것이다.

플라톤

진리는 영원한 진리다.

헌트

진리는 진행 중이며 어떠한 것도

진리를 멈추게 할 수는 없다.

졸라

지혜는 진리 속에만 있다.

괴테

진리의 힘은 위대하다.

키케로

진리의 존엄성은 너무

주장되면 상실된다.

존슨

진리란 두 눈을 부릅뜨고, 생명의 강렬한 입김을 전신의 털구멍에서 빨아들이고, 사물을 있는 그대로 보며, 불행을 정면에서 응시하고 그리고 웃는 것이다. 로망 롤랑

진리는 마치 횃불과 같아서 진리는 흔들수록 더욱 더 빛난다.

해밀턴

바보와 미친 사람에게는 진리를 평범하게 말하라.

R. 버튼

우주의 핵심이 하나이지 둘일 수 없듯이
진리는 하나이지 둘일 수 없다.
청담조사

대부분의 사람들은 아름다움과 즐거움과
사랑과 진리를 찾아 헤매지만, 결국 하나도
얻지 못하고 빈손으로 돌아오고 만다. 그들은
남이 이것들을 거저 주는 줄만 알았기 때문이다.
메델링

진리는 횃불이다. 거대한 횃불이다.
그런 까닭에 우리들은 모두 눈을 가늘게 뜨고
그곁을 지나치려 한다.
화상을 입을까 조심조심 하면서.
괴테

진리는 자기를 좋아하지 않는 남자의
목에 매달리는 창녀가 결코 아니다.
쇼펜하우어

진리는 쓴 약이다. 사람들은 그것을 마시려
하지 않고 오히려 병을 그대로 가지고 있다.
코체프

까만색 둘은 결코 흰색을
만들지 못한다. 이것이 진리이다.
보운

진리는 직접적으로는 그 모습을 나타내지 않는
신과 비슷하다. 우리들은 신의 계시에서
진리를 억측할 수 있을 뿐이다.
괴테

일생을 진리에 바친다.
루소

진리를 발견하려는 사람이라면 어떠한 가르침도 그대로 받아들일 수는 없을 것이다. 그러나 한 번 진리를 발견한 사람이라면 그 모든 가르침과, 길과 목표를 인정할 것이다. 진리에 도달한 자(者)는 영원 속에 살며, 신의 세계에서 호흡하는 수천의 성자들과 동일한 생각을 가지게 마련이다. 헤세

진리를 발견하는 것보다 오류를 발견하는
것이 훨씬 수월하다. 오류는 표면에 나타나
있으므로 쉽사리 발견할 수 있으나, 진리는
깊은 곳에 숨어있는 까닭에 그것을 발견하기란
아무나 할 수 있는 것이 아니다.
괴테

진리를 믿고 나의 양심에 따라
최선을 다하여 행동한다는 것이
곧 나의 종교이다. 하나님의 영상은
곧 나의 마음이다.
최진용(崔晋榕)

인류는 어디로 가는가? 하는 것을 사람들은
알 수가 없다. 가장 높은 지혜는, 그대가
어디로 갈 것인가 하는 것을 깨닫는 그 속에서
찾을 수 있다. 그것은 신을 향하여,
높은 완성을 향하여 걸어 나갈 것을 깨닫는 일이다.
톨스토이

참된 진리로 인도하는 길은 좁다. 많지 않은 사람만이 그 길을 발견한다. 왜냐하면, 그 길은 그들 자신 속에 있기 때문이다. 또한 자신의 길을 찾고 있는 자도 많지 않다. 대개는 딴 길을 찾았으나, 자신의 길을 찾으려고 하지 않는다. 류시이·마론디

우리들이 자리잡고 있는 그 자리가
끔찍한 것이 아니다. 우리들이 움직이고
있는 그 방향이 끔찍한 것이다.
톨스토이

사색(思索)에 있어서, 생활에 있어서,
회화(會話)에 있어서, 나는 결코 중요한 것을
잊어버리는 일이 없다. 중요한 것이란 진리(眞理)이다.
불타(佛陀)

진실한 인간이 되려는 자는 이 세상에 대한 허식(虛飾)을 버리지 않으면 안된다. 참된 생활을 하려는 자는 자기 자신에 대하여 핑계가 좋은 선(善)으로만 끌리지 말고, 정성껏, 참된 선이란 무엇인가, 그리고 어디 있는가를 구하지 않으면 안된다. 자기 자신의 마음속에서 우러나는 탐색(探索)만큼, 신성하고도 좋은 열매를 맺게 해주는 것은 없다. 에머슨

part 4

삶(生活)에 대하여

살아가는 기술이란 하나의 목표를 설정하고,

거기에 전력을 집중하는 것을 말한다.

모로아

사람은 먹기 위해서 사는 것이 아니라

살기 위해서 먹는 것이다.

소크라테스

과연 인간은 부덕 없이 덕을, 미움 없이 사랑을, 추함 없이 아름다움을 생각할 수 있을까? 정말로 악과 고뇌 때문에 이 지구는 살만하고 인생은 살 가치가 있는 것이다. 아나톨 프랑스

우리의 삶이 밝을 때도 어두울 때도,

나는 결코 인생을 욕하지 않겠다.

헤세

어떻게 사는가를 배우는 것는

자신의 모든 인생을 필요로 한다.

L. A. 세네카

우리의 삶은 한 걸음 한 걸음

죽음을 향해 나아가고 있다.

코르네이유

나의 생활은 정지했다. 그러나 호흡하고

먹고 마시고 잠자는 것을 그만 둘 수는 없었다.

하지만 거기에는 진정한 의미의 생활은

없었다. 왜냐하면 이것을 충실하게 하는 것이

합리적이라고 생각될 듯한 희망이

없었기 때문이었다.

톨스토이

아침에는 생각하고, 낮에는 행동하고,

저녁에는 먹고, 밤에는 잠든다.

브레이크

만나서 사귀게 되고 사랑하게 되고 헤어지게
되는 것이 모든 인간의 슬픈 이야기다.

콜리지

우리의 삶은 고통이며 공포다. 따라서
인간은 불행하다고 할 수 있다. 그러나
인간은 인생을 사랑하고 있다. 그것은
고통과 공포를 사랑하고 있기 때문이다.

도스토예프스키

사는 법을 알고 있는 사람은 누구인가.
이는 괴로워하는 법을 알고 있는 사람이다.
향수(享受)하는 법을 알고 있는 사람은 누구인가?
이는 피하는 법을 알고 있는 사람이다.

슈트라우스

나는 아무래도 이 세상에서 한 사람의
여행하는 사람, 한 개의 편로(遍路)에
지나지 않은 것 같다. 당신들인들 그
이상이겠는가!

괴테

인생은 헛된 꿈이 아니다. 영원을 바탕으로
하고 영원에 쌓여있는 존귀한 실재(實在)인 것을
현재나 미래에 있어서도 잊지 말라.
카알라일

만일 사람이 타인과 더불어 사는 것을 모르고,
쾌락이 만족을 준다는 것을 모르고, 또한
자기가 죽는다는 것을 모르고 살아간다면
그는 자기가 살아 있다는 사실 조차도
모르는 것이다.
톨스토이

사람은 빵만으로는 살 수 없다.
성서

사람이 살면서 후회하는 것도 그 사람의 의지를
부정하는 것에 불과하다. 또한 후회란 사람의
이상에 대한 반항에 지나지 않는다. 그리고
후회란 사람을 여러 곳으로 끌고 다녀서
갈팡질팡하게 만든다. 또한 후회란 지난 날의
자신의 덕행과 절제마저 부인해 버린다.
몽테뉴

사람의 일생에는 불길과 같이
일어날 때가 있는가 하면, 재가 되어
식어지는 때도 있다.
앙리·드·레니에

산다는 것이 귀찮다고 실망하지 말라. 모든 인간이 어깨에 짊어지고 있는 온 세상에 대한 무거운 짐이, 모든 사람들에게 스스로의 사명을 완수하도록 강요하는 것이다. 이 짐에서 벗어나는 길은 오직 하나뿐으로 자기의 사명을 완수하는 데 있다. 당신에게 맡겨진 일을 완수했을 때에만 그 무거운 짐에서 벗어 날 수 있는 것이다. 에머슨

이 세상은 모두 무대이며,
남녀 모두 하나의 배우에 불과하다.
셰익스피어

고통에 대해 괴로와하지 말라!
고통과 고뇌는 우리의 육체를
유지하는 데 없어서는 안 될 조건이다.
톨스토이

고난이 남기고 간 뒷맛을 맛보아라!
고난이 지나가면 반드시 단맛이 스며든다.
괴테

오래 살기 위해서는 천천히

사는 것이 필요하다.

키에르케고르

인생은 사랑이며, 인생의 생명은 정신이다.

괴테

산다는 것은 어떤 것이냐. 산다는 것은 죽어 가는 것을 항상 끊임없이 자신으로부터 축출해 가는 것이다. 산다는 것은 내 몸에서(그리고 단순히 내 몸에서 뿐만 아니라) 일체의 약하고 늙음에 대해서 잔혹하고 가차없이 되는 일이다. 니이체

갈아타는 배는 망설이지 말고 타라.

트루게네프

가볍게 승낙한 것은 반드시 믿음이 적고,

가볍게 하는 일이 많으면 반드시 어려움이 많다.

노자

기다릴 줄 아는 인간은

바라는 것을 가질 수 있다.

프랑스 격언

인간은 자기가 사랑하는 것을

아름답게 보는 것처럼, 자기가

믿는 것을 매우 신성하게 여긴다.

르낭

아무 것도 알지 못하는 사람은

아무 것도 의심하지 않는다.

하버드

화제가 궁할 경우 자기 친구의

비밀을 털어놓지 않는 자는 매우 드물다.

니이체

따뜻한 것을 좋아하는 사람은

연기를 참아야 할 것이다.

셰익스피어

눈물은 슬픔의 말없는 언어이다.

볼테르

모든 사람의 일생은 신의 손에 의해서

쓰여진 하나의 동화에 불과하다.

안데르센

우리가 살아 가는 것은 자기 자신을

소중히 여기고 있기 때문이 아니라,

인생의 사업을 계속 완수해야 하기 때문이다.

톨스토이

한쪽 문이 닫히면 한쪽 문이 열린다.

스페인 격언

익살도 인간의 내면에서 우러나올 때는

순식간에 슬픈 것이 되어버린다.

아나톨 프랑스

우리의 일생은 타인에게 얽매여 있다.

타인을 사랑하는 데에 인생의 반을

소모하고, 타인을 비난하는데

나머지 인생의 반을 소모한다.

쥬베르

나에게 결여되었던 것은 완전히 인간다운 생활을 보내는 것이었다. 단순한 사유 생활을 보내는 것이 아니었다. 그렇게 함으로써만 나는 내 사상의 전개를 객관적이라고 불리 우는 것에만 기초를 두지 않고, 내 실존의 가장 깊은 근원과 연결되는 것에 의해서 신적(神的)인 것 안에 뿌리를 내리며, 그 위에 기초를 둘 수 있는 것이다. 키에르 케고르

인간이 오래 사는 것과 일찍 죽는 것이,
그 사이 얼마나 되랴.
결국은 잠깐 사는 것에 불과하다.
장자

다른 사람의 눈에 띄지 않게
산 사람이, 훌륭하게 산 것이다.
오비디우스

삶이란, 매일 매일의 향상, 이따금의 창조, 순간 순간의 새로움이어야 할 것이다. 이것은 끊임없는 자기의식(意識), 자기회수(回收)에서 오는 아름다운 꽃이리라. 그러나 사람이란 얼마나 자기 생명의 망각(忘却)과 산일(散逸)과 무의식(無意識)의 꿈 속에서 생의 열(熱)과 시간(時間)을 허비하며, 또 반복과 답보와 정체(停滯)에서 저미(低迷)하는가! 법구경

사람은 이 세상에서
단 한번 살 뿐이다.
괴테

인간을 제외하고 모든 동물들도,
일생의 버금가는 일은 생을 즐기는
것이라는 것을 알고 있다.
버틀러

가장 훌륭한 기술, 즉 가장 배우기
어려운 기술은 살아가는 기술이다.
메이시

우리의 삶은 아침 이슬과 같다.
바이런

얼마나 오래 사느냐가 문제가 아니라,

어떻게 사느냐가 문제이다.

베일리

할 수 있는 한 가장 훌륭한 인생을 만들라.

인생은 짧고 금방 지나간다.

오울디즈

내가 살아 있는 동안에는,

나로 하여금 헛되이 살지 않게 하라.

에디슨

얼마나 짧은 것인가! 인간의 생명은 백 살도 채우지 못하고 죽는다. 설령 그보다 오래 사는 사람이라도, 또한 늙어서 죽는다.

스타니파타

생애란 사라졌다는 뜻이다. 하지만 호기심은 살려 두어야한다. 어떤 이유로든지 사람들은 자신의 인생에 등을 돌리지 말아야 한다.

루즈벨트

생(生)의 밑바닥을 깊이 파고들어

그 진상을 이해하고 파악한다는 것은, 결국

'비극을 사랑한다는 것이 아닌가'

법구경

모든 인간에게는 주어진 존재, 주어진 생활이 있다. 따라서 인간은 모두 자기에게 부여된 인생을 살고, 자기가 살지 않을 수 없는 인생을 살고 있다. 자기의 생활을 건설하기 위한 장소가 여기 이외에는 있을 수 없다는 확고한 자각을 가지는 것에서, 비로소 그 사람에게 생활의 참 '뿌리'가 박히는 것이다. 법구경

인생 길을 보고 있을 때 사람들은
걸어왔다는 사실과 그리고 걸어가야
한다는 사실을 동시에 생각하게 된다.
청담조사

신에 대하여 생각하고, 하나의 사회적인
행위에서 다른 사회적 행위로 옮겨가면서,
언제나 한 가지 일에 즐거움을 느끼고
그 속에 안주해야 한다.
아우렐리우스

모든 인간의 생활은 자기 자신에의
길이며, 인생길에의 시도이다.
헤세

우리들이 모두 작은 예의범절에

주의한다면 인생은 훨씬 더 살기 쉽게 된다.

채플린

우리의 삶은 참으로 짧다!

나의 이 말을 만들어내는 바로

그 숨결이 나의 죽음을 재촉한다.

H·무어

인간의 생애란 희망에 속아서

죽음의 팔에 뛰어든다는 것일 뿐이다.

쇼펜하우어

사는 법을 배우자! 왜냐하면

우리는 외롭게 죽어야 하기 때문이다.

G·크래브

어떤 사람이든, 가난과 사랑과 전쟁을

알기 전까지는 인생의 충분한 맛을 보았다고

할 수 없다는 격언이 있다.

O·헨리

나는 존재한다. 그러나 나는 그 존재
이유를 발견하고 싶은 것이다. 왜 내가
살고 있는지를 알고 싶은 것이다.
지이드

이 세상은 어리석음의 덩어리이다. 청춘은 들뜨고 노경(老境)은 우울하며, 청춘은 낭비하고 노경은 절약하며, 이십대는 광폭하고 노경은 냉철하다. 인간이란, 요람에서 무덤까지 어리석음의 노예에 지나지 않는다. W·H·아이를런드

훌륭하게 산 사람이 오래 산 것이다.
인생의 나이란 햇수와 날수와 시간수로
헤아려서는 안되기 때문이다.
바르타의 영주

모든 사람들은 오래 살기를 바라고,
나이를 먹으려고 하는 사람은 없다.
J·스위프트

우리는 죄악과 슬픔으로 가득찬
세상에서 함께 살고 있다.
S·존슨

태어난다는 것은 불행이고,
살아간다는 것은 고통이며,
죽는다는 것은 비통이다.
성 베르나르

삶에 대한 절망 없이 삶에 대한 사랑은 없다.
알베르 까뮈

오오 제군들이여, 사람의 일생은 짧다.
그렇지만 그 짧은 일생을 비열하게 지낸다면
너무나 긴 것이다.
셰익스피어

내가 세상에서 가장 알 수 없는 것은,
세상을 안다는 것이다.
아인슈타인

우리는 왜 태어났는지를 알지 못하고
태어났다. 우리는 어떻게 살아야 좋은지를
알지 못하고 살아왔다. 그리고 왜 죽는지,
어떻게 죽으면 좋은지도 알지 못하고 죽어간다.
호세 말티

남의 지혜로는 멀리 가지 못한다.
루마니아 격언

사랑이 없는 청춘, 지혜가 없는 노년,
이것은 이미 실패한 인생이다.
스웨덴 격언

우리의 삶은 천국에 들어가는
검역 기간에 지나지 않는다.
아라비아 격언

우리 인간은 선반에서 떨어진
떡을 가지고도 거드름을 피운다.
라 로슈프코

성자(聖者)의 삶은 다음과 같은 이야기를 생각나게 한다. 즉, 어떤 노인이 꿈속에서, 삶에 지쳐 죽게 된 중(僧)이 극락(極樂)과 같은 좋은 곳에 있음을 보았다. 그래서 '이렇게 기진맥진한 중은 아무런 가치도 없는 것인데, 어째서 굉장한 행복을 누리는 것인가?' 하고 물었다. 그랬더니 그 중의 대답은 이러했다. '살아있는 동안, 나는 어느 한 사람에게도 비방(誹謗)의 행위를 한 일이 없었소.'

청담조사

단순히 육체적인 생활만 하고 있는 사람에게 있어서는, 어떠한 참혹하고 부당한 고민에 이르러서도, 정신적인 반발이나 회의(懷疑)가 일어나지 않는다. 그렇기 때문에 이러한 사람에게 있어서는, 고민을 참기가 용이하다. 정신적인 생활을 하는 사람에게 있어서는, 고민은 늘 온전한 것에 대한 자극이고, 빛이며, 신(神)에 대한 친근(親近)이다. 이러한 사람들에게 있어서는, 고민은 항상 인생(人生)에의 사업(事業)이다. 톨스토이

인간의 삶에 있어서 병(病),
영락(零落), 환멸, 파산, 친구와의 이별,
이런 모든 것은 처음에는 다시 찾을 수 없는
손실이라 생각된다. 그러나 시간이 지남을 따라
이런 손실 속에 깊이 숨어있는 힘찬 회복력이
나타나기 시작된다.

에머슨

삶의 본질은 육체 속에 있는 것이 아니라,
양심 속에 있는 것이다.
톨스토이

인간들이여, 정신 속에 살라.

인생의 본질을, 육체의 삶으로 돌리지 말라.

육체는 힘을 담고 있는 곳에 지나지 않는다.

인간의 모든 표면적인 것은,

다만 그 정신의 힘 때문에만 살고 있는 것이다.

정신이 없는 육체는, 운전 할 수 없는 자동차와

같으며, 렌즈가 없는 사진기와 같은 것이다.

오레리아스

신(神)에 속하는 것이,

우리들 속에 살고 있다.

그리하여 쉽없이,

그 본원(本源)으로 돌아가려

하고 있는 것이다.

세네카

part 5

인생(人生)에 대하여

비록 내일 세계의 종말이 온다 할지라도

나는 오늘 한 그루의 사과나무를 심으리라.

스피노자

인생이란 불충분한 전제에서

충분한 결론을 끌어내는 기술이다.

S·버틀러

인생에 있어서 큰 기쁨이란,

너는 할 수 없다고 세상 사람이 말한 것을

해내는 것이다.

스지이

인간은 대지의 은혜인 과일을 먹고,

반짝반짝 아름답게 번성할 때도 있고,

갑자기 변하여서 생명은 덧없이 사멸하는 것이다.

호메로스

인생은 하나의 미래에 의해서 만들어지고 있다.

마치 육체가 공허에서 만들어지고 있는 것과 같이.

사르트르

인생이란 자신과 자연의 조화를 말한다.

오이켄

인생의 문제를 해결하는 데는

먼저 바늘 상자를 정돈하라.

카알라일

인생은 때론 선(善)보다도 악(惡)의

선택을 우리에게 제공한다.

콜톤

인생이란 단지 기쁨도 아니고 슬픔도 아니다. 이 두 가지를 지양하고 종합해 나가는 과정에서 파악되어야 할 것이다. 커다란 기쁨도 커다란 슬픔을 불러 올 것이며, 또 깊은 슬픔은 깊은 기쁨으로 통하고 있다. 자기의 할 일을 발견하고 자기가 하는 일에 신념(信念)을 가진 자(者)는 행복하다. 사람의 가치는 물론 진리를 척도로 하지만 그가 가지고 있는 진리보다도 그 진리를 찾기 위해서 맛본 고난에 의하여 평가 되어야 한다. 카알라일

인생은 대리석과 진흙으로 이루어져 있다.
호돈

인생이란 서로 만나는 것이다. 그리고
인생에의 초대는 두 번 다시 되풀이되는 일이 없다.
카로사

인생은 인생을 느끼는 사람에게는 비극인 것이고,
인생을 생각하는 사람에게는 희극인 것이다.
라 브뤼에르

인생은 피어나지 않은
장미꽃에의 희망과 같다.
키이츠

나의 인생은 돈으로는 계산할 수 없다.
부르가

철학이 인생을 회색으로 그리면
인생은 늙어 빠져 버린다. 회색으로서
그려진 인생의 모습은
젊어지는 것이 아니라, 다만 인식될 뿐이다.
헤겔

존재 망각이란 존재와
존재자 간의 차이의 망각이다.
하이데거

인생은 근본적으로 신앙과 인내로
이루어지고 있다. 이 두 가지를 가진 사람은
놀라운 목표에 도달한다.
타펠

인생은 불안정한 항해다.
셰익스피어

인생은 행복보다는 불행이
많은 학교와 같다.
프리체

인생은 왕복차표를 발행하고 있지 않다.

한 번 떠나면 두번 다시 돌아올 수가 없다.

로망 롤랑

이게 인생이었던가! 좋아! 다시 한 번!

니이체

아무리 구름 속을 보아도 거기에는 인생이 없다. 반듯하게 서서 자기 주위를 둘러보라! 자기가 인정한 것을 우리는 붙들 수가 있다. 귀신이 나오든 말든 내 길을 가는 데에 인생이 있다. 그렇게 앞으로 나아가는 동안에는 고통도 있으리라! 행복도 있으리라! 어떠한 경우에도 인생은 완전한 만족이란 없는 것이다. 괴테

나는 세상을 사랑하지 않았고,

세상도 나를 사랑하지 않았다.

나는 세상의 더러운 인간에 아첨하지 않았고,

그 우상 앞에 무릎 꿇지 않았다.

바이런

인생은 고통이며 공포이다.

그러므로 인간은 불행한 것이다.

하지만 고통과 공포조차도 사랑하기 때문에,

이젠 인생을 사랑하고 있다.

도스토예프스키

인생의 목적은 끊임없는 전진이다. 앞에는 언덕이 있고, 냇물이 있고, 진흙이 있다. 걷기 좋은 평탄한 길만 있는 것이 아니다. 먼 곳으로 항해하는 배가 풍파를 만나지 않고 조용히 갈 수는 없다. 풍파는 언제나 전진하는 사람의 벗이다. 이처럼 고난 속에 인생의 기쁨이 있다. 풍파 없는 항해, 이것은 얼마나 단조로운 것인가! 고난이 심할수록 내 가슴은 뛴다. 니이체

다음의 것을 명심하라. 인생의 육욕에서
벗어난 그대의 정신은 참으로 강한 것이 될
것이다. 그리고 그 이상으로 신뢰할만 하며,
또한 이것보다 악에서 벗어나는 길은 다시 없을 것이다.
이러한 사실을 모르는 사람은 눈을 뜬 봉사이며,
알면서 실행하지 않는 사람은 불행한 인간이다.
아우렐리우스

인생은 돌이킬 수 없는
실수투성이의 희극이다.
모라비아

인생이란 따분한 하나의
과정인 것이다.
S·버틀러

인생은 뒤로 향한 것밖에 이해할 수 없지만,

앞으로 향해서 밖에 살아가지 못한다.

키에르 케고르

우리는 타인의 고통 속에서 태어나

우리 자신의 고통 속에서 죽어간다.

프란시스 · 돈프슨

일반적으로 인생이란 희망에 배반당하고

죽음으로 뛰어드는 것이나 다름없다.

쇼펜하우어

기뻐하라! 기뻐하라! 인생의 사명은 기쁨이다. 하늘을 보고, 태양을 보고, 풀을 보고, 나무를 보고, 동물을 보고, 인간을 보고 기뻐하라. 그 기쁨이 어느 무엇에 의해서도 다치지 않도록 하라. 이 기쁨이 깨지면 그것은 말할 것도 없이 당신이 어디선가 잘못을 저질렀기 때문이다. 그 잘못을 찾아내어서 바로잡아야 한다. 톨스토이

악이 우리에게 선을 인식시키듯이

고통은 우리에게 기쁨을 느끼게 한다.

클라이스트

인생은 고독, 그것이다. 왜냐하면 인생은
다른 사람을 잘 모르기 때문이다.
헤세

천국에서 종노릇하기 보다는
지옥에서 다스리는 편이 낫다.
밀턴

타인을 비난하는 점 가운데, 우리가
가장 비난하는 것은, 타인의 비난에 의해서
우리가 불리해지는 것이다.
뒤마

인생은 고통뿐이다. 여기서 한 사람은 행복하고
다른 한 사람은 불행하다는 것은 다만 두 사람이
받고 있는 고통의 차이가 어느 정도냐 하는 것에
달려 있을 뿐, 똑같은 고통이다.
버나드·쇼

나는 알몸으로 이 세상에 태어났다.
따라서 나는 이 세상을 떠날 때도 알몸으로
가지 않을 수 없다.
세르반테스

인생은 괴로움도 아니고 향락도 아니다.

인생은 우리가 완수하지 않으면 안되는 그 자체이다.

세네카

인생은 마치 한 잔의 차와 같은 것이다. 서둘러 마시면 그만큼 빨리 밑바닥이 보이기 마련이다.

바리

슬픔을 위한 유일한 치료 방법은 열심히 무언가를 하는 것이다.

볼테르

내가 이 세상에 와서 세상에 어떤 도움이 있었던가? 또한 떠나간다고 해서 어떤 변화가 있었던가? 도대체 무엇 때문에 이처럼 와서 떠나가는 것인가? 내 귀에 알아듣게 말해 준 사람이 있었던가?

루바아트

밤마다 죽었다가 아침마다 새롭게 태어나니,

하루가 이와 같고, 인생이 이와 같다.

영

결국 인생은 혼자서 태어나고,
혼자서 살다가 혼자서 죽는
영원한 고아(孤兒)—
그러므로 따스한 정을 찾고,
밝은 광명을 찾는 것이 인생이다.

법구경

모든 인생은 결국은 비극이다. 왜냐하면
인생은 죽음으로 끝나기 때문이다.

오스틴

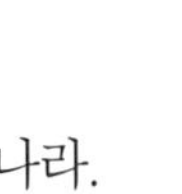

그림자처럼 왔다가 그림자처럼 떠나라.

셰익스피어

사람의 일생은 무거운 짐을 지고
먼 길을 가는 것과 같다. 결코 서둘지 말라.

도쿠가와 이에야스

인생의 비결은 자기가 좋아하는
일을 하는 것이 아니라, 해야만 하는 일을
좋아하도록 노력 하는 데에 있다.

크레이크

인생의 아침에는 일을 하고,

낮에는 충고하며, 저녁에는 기도하라.

헤시오도스

사랑하는 마음을 가진 사람과 순수한 양심을 가진

사람에게 인생은 달콤하고도 유쾌한 것이다.

톨스토이

인생은 기쁨도 슬픔도 맛보게 되어 있다.

그러므로 이를 올바르게 알고 있을 때,

우리는 인생을 안전하게 살아간다.

블레이크

인생의 가장 큰 결함은

늘 불완전하다는 사실이다.

세네카

인생은 유리로 만들어진 장난감이다.

값을 매길 수 없는 것처럼 보이지만,

실제는 아주 값싸다.

아레티노

부모를 잃은 슬픈 눈물이 채 마르기도 전에,

내일 형제를 잃는 덧없고 거짓된 이 인생에,

진실을 찾고 항구(恒久)를 바라는 이 마음은

과연 어디에서 오는 것일까?

법구경

인생은 참으로 짧다!

인간의 믿음은 참으로 약하다!

J. 게이

인생 그 자체는 악이 아니요,

나쁘게 사는 것이 악이다.

디오게네스

시험되지 않은 인생은 살 가치가 없다.

플라톤

인생은 헤어지는 것이요,

만나는 것이 아니다.

쓸쓸한 나그네의 우정에 불과하다.

멜로크

길과 흉으로 끝없이 이어져
나가는 것이 바로 인생이다.
대망경세어록

인생은 평화와 행복만으로 계속될 수 없다.
괴로움과 노력이 필요한 것이다. 괴로움을
두려워하지도 말고 슬퍼하지도 말라.
참고 인내 (忍耐)하면서 노력해 나가는 것이 인생이다.
인생의 희망은 언제나 괴로운 언덕 너머에서 기다린다.
맨스필드

인생의 물결은 언제나 짖궂게도
슬픔과 기쁨이 섞여서 밀어 닥친다.
대망경세어록

인생은 영원한 전장이다. 여기서는 끊임없이 과거와 미래가 싸우고 있다. 그리고 이 전장에서는 낡은 법칙은 끊임없이 분쇄되고 새로운 법칙이 낡은 법칙을 대신하며, 그러는 동안에 그 법칙도 또한 파괴되고 만다. 로망 롤랑

영혼은 늙게 태어나 젊게 성장한다.
이것이 인생의 희극이다. 그리고 육체는 젊게
태어나 늙게 성장한다. 이것이 인생의 비극이다.
와일드

가장 잘 익은 열매는 먼저 떨어진다.
셰익스피어

인생은 긴 것입니다. 길다는
생각으로 살아야 합니다.
결코 초조해 해서는 안됩니다.
로망 롤랑

인생이란 만남이며, 인생에의 초대는
두 번 다시 되풀이되지 않는다.
카로사

아무리 생각해 보아도 인생의 전체는 너무나
고통스럽고, 피로하고, 불행하다.
우리로 하여금 인생에서 어떤 흥미를 느끼고 생(生)을
지속하여 가게 하는 것은 극히 일시적이요,
부분적인 사소한 사랑뿐이다.
법구경

유한하고 유일한 인생을 타인과 더불어
사는 것은 살 만한 가치 있는 인생이다.
아인슈타인

인생의 최초 40년은 텍스트를 부여해주며

그 후 30년의 인생은 텍스트에 대한 주석(註釋)을 제공한다.

쇼펜하우어

인간의 일생은 '하나'라고 할 사이도 없이 짧다.

셰익스피어

영국에 있는 가장 보잘 것 없는 사람도 가장 위대

한 사람과 마찬가지로 살아갈 인생이 있다.

레익보로

서라! 살아라! 죽지 않으면 안되거든 선 채로 죽으라!

로망 롤랑

인생이란 열정으로 불태워진

하나의 거대한 뒤죽박죽의 덩어리이다.

니·베티

인생이란 원래 슬픈 것과 우스운

것이 섞이지 않고는 견딜 수 없을 만큼

숙명적으로 엄숙한 것이다.

하이네

인생이란, 어울리지 않을 듯한

감정은 결코 지니지 않는다.

와일드

인생은 농담에 불과하다. 기껏해야 꿈이나,

그림자나, 거품이나, 공기나, 증기에 불과하다.

G·W ·돈버리

인생의 매 순간은 무덤으로 향하는 한 걸음이다.

크레비용

너 자신을 누구에게나 필요한 존재로 만들라.

누구에게든 당신으로 인해 인생을 고되게

만들지 말라.

에머슨

전쟁? 그렇다면 좋다! 전쟁, 평화, 그 모두가 인생
이다. 그 모두가 인생의 도박이다.
로망 롤랑

반 죽은 채로 인생을 사는 것은 산 송장이다.
프랭클린

청춘이 지나가면 우리가 회상 할 것은 추억 밖에 없다. 후회없이
과거를 회상하며 불안한 마음 없이 미래를 내다보면서, 그때 우리
는 안식할 수 있는 어둠을 기다리며 그것을 인생이라 부른다.
G·E·맥도날드

사람은 무엇 때문에 살고 있는가에 대해서 항상 생각해
야 합니다. 이 문제가 해결될 때, 그 사람은 죽음에 대해
두려워 하지 않게 됩니다. 인생의 의의는 당신이
인생으로부터 도피하는 것이 아니라, 얼마나 봉사하는가에
달려 있습니다. 이것을 알면 인생은 풍요로와 집니다.
사람은 죽어도 그 사람의 영향은 결코 죽지 않습니다.
마르틴 루터 킹 목사의 부인

인생은 모두 다음 두 가지로 이루어지고 있다.
하고 싶지만, 할 수 없다. 할 수 있지만,
하고 싶지 않다.
괴테

이 세상에 태어나는 자는 하나의 집을 짓는 것이다.

그는 가고, 그 집을 다음에 오는 자에게 양도한다.

그러나 이 사람은 다른 방식으로 또 고쳐 짓는다.

그러나 누구도 진리를 완성하는 자는 없다.

괴테

인생이란 한쪽 손으로 희망의 황금관을 들고,

또 한쪽 손으로는 고통의 쇠의 관을 드는 것이다.

인생에 있어서 사랑받는 사람은 이 두 개의

관을 동시에 받는다.

엘렌케이

우리가 인생에서 직면하는

증오는 대부분 단지 질투이거나,

혹은 모욕받은 사랑이다.

칼 힐티

신에 의해 부여된 인생은 짧지만,

즐겁게 보낸 인생의 기억은 영원하다.

에드먼드 스펜서

램프가 불타고 있는 동안에 인생을 즐겨라.

장미꽃이 시들기 전에 인생을 즐겨라.

우스테리

인생은 여행이며 죽음은 그 종점이다.

드라이든

이 세상에서 가장 중요한 것은,

어떻게 하면 자기 인생의

성숙을 이루는가 하는 것이다.

몽테뉴

인생이 밝을 때도, 어두울 때도,

나는 결코 인생을 욕하지 않겠다.

헤세

인생이란 그렇게도 비참한 것일까?

너야말로 성장해야 한다.

다그 하머숄드

인생에는 두 가지 경우만이 존재한다.

하나는 너의 마음속에 희망을 갖지 못할 때,

또 하나는 너의 마음속에 희망을 갖을 때이다.

버나드·쇼

인생은 꿈이다……

우리는 깨면서 자고, 자면서 깬다.

몽테뉴

인생은 어느덧 지나간다. 그러므로 견딜만하다.

체이스

삶의 어느 순간도 죽음을 향한 한 걸음이다.

코르네이유

인생을 소신껏 살 수 있는 것이야말로
진정한 성공이다.
몰리

나는 이 세상을 연극무대로 생각할 뿐이다. 여기서는 각자가
한 번씩 연출하며 자기 인생을 살아간다.
셰익스피어

우리의 생명은 무엇보다도 소중하기 때문에,
우리는 소중한 생명에 대해서 충실하지 않을
수가 없다.
슈바이처

인생은 한 권의 책과 같다. 어리석은 자(者)는 아무렇게나 책장을 넘기지만, 현명한 사람은 공들여서 넘긴다. 현명한 사람은 단 한 번 밖에 읽지 못한다는 것을 알고 있기 때문이다. 장 파울

언제나 인생은 향수에 젖어 있다. 왜냐하면 나그네이기 때문이다. 왜 나그네가 되었던가? 이것은 고향이 불만이었기 때문이다. 그러면 왜 불만이었던 고향을 다시 그리는가? 이것은 나그네 신세가 고달프기 때문이다. 고향에서 떠나 유랑을 하고, 유랑에서 고향으로…… 인생이란, 영원한 고달픔과 동경에서 허덕이는 유랑자인가? 법구경

part 6

사랑에 대하여

여자가 첫 번째 사랑을 할 때는
연인을 사랑하고, 두 번째 사랑을 할 때는
사랑 자체를 사랑한다.
라 로슈프코

만약 그대가 사랑하고 있지 않다면
그대는 고독할 것이다.
브하그완

사랑은 죽음을 막는 생명이다.
톨스토이

가장 훌륭한 사람은 모든 사람들을 사랑하는 사람이다.

그 사람들이 좋고 나쁨을 가리지 않고

모든 사람들에게 선을 베푸는 사람이다.

마호멧

진정으로 사랑에 빠진 남자는, 그 여인 앞에서는

어찌할 바를 모르고 졸렬하며 애교도 부리지 못한다.

칸트

인생에 있어 가장 행복한 순간은

아무도 모를 둘만의 언어로 누가 보아도

아름답고 맑은 수정과 같은 대화를 할 때이다.

괴테

순간의 성실이야말로 영원으로 통하는 길이다. 참다운 진리는 오직 자연의 법칙 뿐이다. 사랑은 모두를 용서하고 이해한다. 선행(善行)에는 자기를 숨겨라. 그러나 어려운 일에는 자기를 앞세우라. 최진용(崔晋榕)

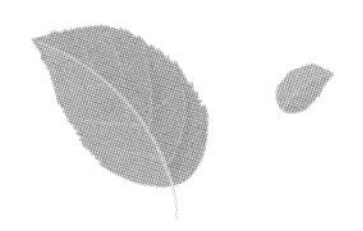

사랑은 악마인 동시에 천사이며,

천국인 동시에 지옥이다. 쾌락과 고통,

슬픔과 후회가 사랑과 함께 한다.

반필드

사랑의 본질은 정신의 정열이다.

스웨덴보르그

사랑을 받기만 하는 인생은 아무런

쓸모가 없는 인생이다. 될 수 있으면 자신을

극복하고 사랑을 주는 사람의 인생이 되라.

릴케

사랑의 본질은 짧게 웃고, 길게 우는 것이다.

가이베르

사람은 사랑에 의하여 살고 있다.

자기 자신만에 대한 사랑은, 죽음(死)의 시작이다.

신(神)과 인류에 대한 사랑은, 삶(生)의 시작이다.

톨스토이

이 세상의 모든 허위와 거짓과,

배신과 시기 속에서도 오로지 하나 순수한 것은

인간의 고귀하고 깨끗한 사랑 뿐이다.

쉴러

자기 자신을 사랑하는 것처럼

다른 사람을 사랑하라.

그는 사랑을 아는 사람이다.

공자

사랑이 있는 곳에 절대 비극이란 있을 수 없다.

오직 사랑이 없는 곳에서만 비극이 생긴다.

테스카

사랑은 애걸해서도 안되고 요구해서도 안된다.

사랑은 자신 안에서 확신에 이르는 힘을 가져야 한다.

사랑은 이끌려지는 것이 아니고 이끄는 것이다.

헤세

남녀 간의 사랑이란 얼마나 무서운 정열인가!

그러함에도 불구하고 세상의 거의 모든 사람들은

사랑을 마치 행복의 원천인 것같이 말하고 있다.

스탕달

사랑이란 인생의 종은 될지언정

주인이 되어서는 안되는 것이다.

러셀

여자와 남자가 말다툼 했을 때 남자는 여자에게 괴로움을 주었다고 고민하지만, 여자는 괴로움을 더 주지 못해 안타까와 울고, 흐느끼고, 미친 것 같은 태도를 보이며, 앞으로도 상대편의 마음을 더 괴롭게 해 주려고 고심한다. 니이체

찾아서 얻은 사랑은 좋다.
그러나 찾지 않았는데도 받게 되는
사랑은 더욱 좋다.
셰익스피어

남자가 여자를 사랑하려거든
그 여자의 연약한 점, 불완전한 점을
다 알고 난 뒤에 사랑하라!
와일드

사랑한다는 것은 자기를
초월하는 것이다.
와일드

지혜가 깊은 사람은 자기에게 무슨
이익이 있을까 해서 또는 무슨 이익이 있으므로 해서
사랑하는 것이 아니다. 사랑한다는 그 자체 속에서
행복을 느낄 수 있기 때문에 사랑하는 것이다.
파스칼

사랑이란 상실이며 단념이다.
자기의 모든 것을 연인에게 주었을 때
사랑은 더욱 풍부해진다.
구코

너의 원수를 사랑하라.
聖書

내가 너를 사랑하는 것과 같이
너도 나를 사랑한다면, 우리의 사랑을
도려 낼 칼이 있을까?
키플링

다른 사람으로부터 사랑을 받지 못한
사람은 다른 사람을 사랑하지 않는다.
라파데르

사랑하라. 인생에서
좋은 것은 그것뿐이다.
죠르쥬 생드

졸졸 흐르는 시냇물도 막으면 막을수록 거세게
흐르듯이 말리면 말릴수록 불타는 것이 사랑이다.
셰익스피어

연인을 사랑하면, 평소에
시를 모르는 남자도 시인이 된다.
플라톤

사랑하며 사는 것이 인생이다. 기쁨이 있는 곳에
사람과 사람사이의 결합이 이루어진다. 또한
사람과 사람의 결합이 있는 곳에 기쁨이 있다.
괴테

몸과 마음을 다해서 사랑을 하고
있는 데도, 상대방이 전혀 상대를 해주지
않는 것만큼 무서운 것은 없다.
투르게네프

남자는 일단 여자를 사랑하게 되면
그 여자를 위해서라면 무엇이든지 해 주지만,
단 한 가지 해 주지 않는 것은 언제까지나
계속해서 사랑해 주는 일이다. 이러한 일을
우리는 세상에서 흔히 볼 수가 있다.
와일드

인간 전체에 대한 사랑이 깊은 사람일수록, 사람의 마음속이 깊이 들여다 보인다. 즉, 맑은 우물 속을 들여다보듯이 그 통찰력은 미세한 마음의 주름까지도 발견할 수 있을 만큼의 기적적인 능력에 도달한다. 반면, 이기심이 강한 사람은 자기가 혼자 영리하다고 생각하지만, 점점 어리석어지고, 모든 판단이 흐려진다. 힐티

당신을 사랑하는 자(者)는
당신을 울릴 것이다.
아르헨티나의 격언

두 사람 사이의 사랑이 식었을 때에
사랑하고 사랑받던 옛일을 부드럽게
생각하는 사람은 거의 없다.
라 로슈프코

미망인의 사랑은 곁핍의 고통이고,
부부의 사랑은 일상의 습관이다.
입센

깊이 사랑했던 사람을 미워하기는 어렵다.
불을 끄는 방법이 서투르면 금방 다시 타오르게 된다.
코르네이유

사랑에는 네 가지가 있다. 정열적인 사랑,
취미의 사랑, 육체적인 사랑,
허영의 사랑이 그것이다.
스탕달

사랑한다는 것은 두 사람이 서로를 들여다보는 것이 아니고, 함께 같은 방향을 보는 것이라는 것을 우리는 경험에 의해서 안다.
생텍쥐페리

사랑하는 것을 가르쳐 주는 사람은
아무도 없다. 사랑이란 우리 생명의
탄생과 더불어 날 때부터 가지고 태어난다.
F·M·밀러

사랑해 보아야 그의 악함을 알 수 있고,
미워해 보아야 그의 선량함을 알 수 있다.
예기(禮記)

인간에 있어서의 위대함을 나타내는 나의 방식은 운명애(運命愛)이다. 앞으로 향하건 뒤로 향하건 전영원(全永遠)에 걸쳐서 무엇 하나 변경을 바라지 않는 것. 필연적인 것을 단지 참고 견디는 것이 아니라, 이것을 감싸주는 것 이상 사랑하는 것. 니이체

인간은 사랑을 시작했을 때에 비로소
삶에 눈을 뜨기 시작한다.
스큐데리앙

극히 위대한 사랑도 격렬한 욕망 속에
있는 것이 아니라, 일상 생활의 평온하고도
영속적인 조화 속에 있다.
모로아

인생에서 가장 중요한 것은 사랑이다. 그런데
사랑한다는 것은 과거에 있어서도 미래에
있어서도 불가능하다. 사랑한다는 것은
현재 이 순간에 있어서만 가능한 것이다.
톨스토이

사람이 마음의 본성으로부터 사랑하는 것은 그 자식과 작품뿐이다. 그리고 자기 자신에 대해서 크나 큰 사랑이 생기게 되면, 그런 경우의 사랑은 결실의 징조인 것이다. 니이체

마음이 흥분했을 때 인간은 잘못된 사랑을 하게 된다. 진정으로 사랑을 하고 싶다면 냉정한 마음으로 사랑을 해야 한다.
라 로슈프코

사랑하는 데에 아무런 이유가 없다면,

미워하는 데에도 아무런 이유가 없다.

셰익스피어

성실히 사랑하며 조용히 침묵을 지켜라!

성실한 사랑은 많은 말을 필요로 하지 않는다.

프리드리히·쩨에라인

사랑의 고뇌처럼 달콤한 것은 없고,

사랑의 슬픔처럼 즐거운 것은 없으며,

사랑의 괴로움처럼 기쁜 것은 없고,

사랑에 죽는 것처럼 행복한 것은 없다.

모리츠·아른트

사랑을 할 줄 아는 사람은 자기의 정열을

지배할 줄 아는 사람이다.

사랑을 할 줄 모르는 사람은 자기의

정열에 지배를 받는 사람이다.

호라티우스

사랑을 사려 분별있게 하는 남자는

사랑에 대해서 전혀 알고 있지 못한 남자이다.

콩타스타시오

격렬한 사랑은 상대방이 가진 모든 사랑의 대상을 죽이고, 마음의 유희를 제거하게 하는 잔인한 생각을 수반하고 있다. 사랑하는 마음에서는 파멸보다는 변심이 더욱 무섭다. 니이체

한 여성에 대해 모든 것을 몰입한 절대적인
사랑이란, 그전부터 이미 존재하고 있는
만인에 대한 박애가 침범되지 않는 경우에
만 싹틀 수 있다.
톨스토이

사랑은 인간이 모든 사물을
있는 그대로 보지 않는 상태이다.
니이체

사랑은 어떠한 것도 겁내지 않는다.
사신(死神)이란 천하무적의 강자한테로
달려가서 그것을 자기 편으로 끌어들일
용의가 있다. 사신(死神)을 자기 편으로
끌어들인 사랑보다 강한 것은 아무 것도 없다.
하이네

인간은 오직 사랑 속에서만,

사랑이란 환상의 그림자 안에서만,

창조 되는 것이다.

니이체

사랑의 본질은 개인을 보편화하는 것이다.

꽁트

사랑이란 투쟁이 아니라 넘치는 이해이다. 사랑이란 남에게 자유를 허락하는 것이다. 그뿐만 아니라 그 자유가 힘차게 뻗어나가도록 도와주는 것이다. 따라서 자유를 침해하는 그 무엇도 사랑이라고 부를 수 없다. 사랑과 자유는 동질성의 것이다. 그것은 언제나 어깨를 나란히 하고 함께 나아간다. 사랑과 자유는 마치 새의 양쪽 날개와도 같다. 한쪽 날개가 없는 새의 존립을 상상할 수 있는가? 만약 그대의 사랑이 그대의 자유와 형평을 유지하지 못하게 한다면, 그대는 사랑이란 이름 아래 알지 못하는 무엇인가 다른 것을 하고 있는 것이다. 사랑이란 결코 소유물이 아닌 것이다.

브하그완

사랑은 최고의 선(善)이다.

브라우닝

진실한 사랑은 유령과 같은 것이다.
누구나 사랑에 대해서 말을 하지만
진실한 사랑을 본 사람은 아무도 없다.
라 로슈프코

한 사람을 전 생애를 통해서 사랑한다는 것은,
그대가 살아있는 한, 한 개의 촛불이 계속
탈 것이라고 말하는 것과 같다.
톨스토이

사랑은 여자에게 있어서는 일생의 역사이며,
남자에게 있어서는 하나의 에피소드에 지나지 않는다.
스탈 부인

남편의 사랑이 진실할 때 아내의 소망은
조그마한 것이다. 남편이 그저 다정스런 눈으로
보아 주기만 해도 아내는 그것으로 만족한다.
체홉

지나간 사랑에 대한 추억이 강하게 기억에 남아 있을 때는,
연애를 하고 있을 때와 다름 없이 마음을 사로잡고 있는 것이다.
J·L·보이드와이에

사랑은 익는 것과 동시에

시들어 버린다.

니이체

사랑에 있어서 연령은 없다.

사랑은 어느 때든지 생길 수 있는 것이다.

파스칼

종교는 사랑의 최고 양식이다.

파아커어

사랑을 하지 못하는 인간은

어떠한 일도 진실로서 대하지 못한다.

F·모리악

사랑에는 한 가지 진리 밖에 없다.

이것은 사랑하는 사람을 행복하게 만든다는 것이다.

스탕달

기쁠 때나 절망을 느낄 때나 사랑이 무엇인가를
알고 있는 사람은 여자 뿐이다. 남자에게
있어서의 사랑이란 일부는 공상이고,
거만이고, 탐욕(貪慾)이다.

카알·임세르만

참된 사랑의 힘은 태산보다도 강하다.
참된 사랑의 힘은
황금일지라도 무너뜨리지 못한다.

셰익스피어

자기를 동정해 주는 사람을 사랑하는 것은
매우 쉬운 일이다. 하지만 자기를 배반하고,
속이고, 모략하는 사람을 사랑하는
것은 어려운 일이다.

불경

사랑은 홍역과 같다. 나이를 먹어서
걸릴수록 중증이 된다.

윌리엄·제럴드

모든 신의 창조물을, 그 속에 들어 있는 한 알 한 알의 모래조차 모두 사랑하라. 모든 동물을 사랑하고 모든 식물을 사랑하라. 그리고 그 밖의 모든 걸 사랑하노라면, 너희는 사물에 있어서의 성스러운 신비를 파악할 것이다. 일단 너희가 그것을 파악하면 너희는 나날이 더욱 더 그것을 잘 이해하게 될 것이다. 그리하여 드디어는 모든 걸 포용하는 사랑으로써 전 세계를 사랑하게 되리라. 도스토예프스키

사랑은 죽음보다, 죽음의 공포보다 강하다.
인생은 사랑에 의해서만 주어지며,
계속해서 진보하게 된다.
투르게네프

우리는 사랑이 싫증나면 상대가
속이는 것을 기뻐한다. 왜냐하면 이 쪽도
굳이 지조를 지킬 필요가 없어졌기 때문이다.
라 로슈프코

증오는 사랑과 마찬가지로 맹목적이다.
T·플러

사랑은 우리가 알지 못하는
사이에 찾아온다. 다만 우리는 사랑이
사라져 가는 것만을 볼 뿐이다.
도프슨

진실한, 영속적인 사랑은
존경 없이는 이루어지지 않는다.
괴테

사랑할 가망이 없어졌는데도 불구하고,
사랑하는 마음을 버리지 않는 남자만이
사랑이 무엇인가를 정말 아는 남자이다.
쉴러

진실한 사랑은 동물적인 개인의
욕망을 버렸을 때에 비로소 가능한 것이다.
톨스토이

이 지상의 일체 생물은 무엇보다도
먼저 그 생(生)을 사랑하지 않으면 안된다.
도스토예프스키

사랑할 가치도 없다는 것을 알면서도
여전히 진심으로 사랑하지 않을 수 없는
것만큼 비참한 것은 없다.
모옴

참사랑을 모르는 것은 그대 역시 마찬가지이다. 곁에 아무도 없으면 고독하고 누군가와 관계를 맺게 되면 불행해진다. 사람들은 고독을 느낄 때 누군가와 관계를 맺을 사람을 찾아 방황을 시작한다. 브하그완

사람은 사랑과 욕심을 좇아 걱정이
생겨나고, 걱정을 좇아 두려움이 생기는
것이니, 만약 사랑과 욕심을 버리면
무엇을 걱정하고 무엇을 두려워 하겠는가?
법구경

모든 선의(善意)와 희열(喜悅)의 핵심은 사랑이라는 것, 인간을 진지하게 사랑해야 한다는 것을 잘 알고 있다. 그렇지만 어떻게 누구를 사랑해야 하는가를 안다는 것은 어려운 일이다. 헤세

주는 것은 언제나 받는 것보다 행복하다. 사랑하는 것은 사랑받는 것보다 아름답고 행복하게 한다. 사랑을 감추거나 부끄러워할 필요는 없다. 첫사랑은 즐겁고 자유로운 감정을 주고 지금까지의 무무의미한 생활의 좁은 범위에서 나를 커다란 감정과 이상의 보다 높은 세계로 이끌어 준다. 헤세

사랑이 집안으로 들어오면,
지혜가 집밖으로 나간다.
로거우

언제나 한 번은 미워하지 않으면 안될 것으로
생각하고 연인을 사랑하라. 또 언젠가 한 번은
사랑하지 않으면 안될 것으로 생각하고
연인을 미워하라.
키론

사람의 심정(心情)을 보면, 사랑이 있을 때는 삶을 원하고, 미움이 있을 때는 죽음을 원한다. 이것을 볼 때, 생명의 본질은 오로지 사랑에 있음을 깨닫게 한다. 미움의 감정은 생명에의 모독이다. 파스칼

사랑할 가치가 있고 없는 것을 쉽사리 판단해 버리는 것은 위험한 일이다. 그릇된 판단은 먼저 그 판단을 내린 사람의 가슴 속을 아프게 파고드는 법이다. 사람을 구분하고 사람을 멀리해서는 안된다. 사람과 화합(和合)하지 못하는 것이 인간의 가장 큰 불행이다. 힐티

사랑도 받지만 미움도 받는다.
오늘부터 다른 사람에게 사랑만
받겠다고 생각하지 말라.
대망경세어록

사랑을 하고 있는 동안은
누구나 다 시인이다.
플라톤

가장 위험한 망각—처음에는 다른 사람들을
사랑하는 것을 잊고, 마침내 나중에는
나를 사랑하는 것조차 잊어버린다.
니이체

대부분의 사람들은 사랑하는 것이 고통이 아닌 줄로 알지만 사랑하는 것도 큰 고통이다. 사랑한다는 것은 남을 소유하겠다는 것이고, 구속이고, 고통인 것이다. 청담조사

사랑은 상상력으로 수놓는 자연의 직물이다.
볼테르

사랑은 미움의 시작이고,
부덕은 원망의 근원이다.
관자(管子)

자기가 받아들이지 않은 것은 실지로 일어난 일이 아니다.
만약 내가 누군가를 사랑하면 그것으로 때문은 것은 지워진다.
헤밍웨이

사랑의 기쁨은 순간이요,
사랑의 상처는 죽을 때 까지 계속된다.
헤세

강한 사랑을 할 수 있는 자만이 강한 슬픔을 맛 볼 수 있다. 그러나 그 사랑의 욕구가 그의 슬픔에 중화작용(中和作用)을 하여 슬픔을 낫게도 해 준다. 때문에 인간의 정신적 특징은 육체적 특징을 위하여 훨씬 활력에 넘쳐 있다. 결코 슬픔은 사람을 죽이지는 않는다. 톨스토이

그에게 이익을 주기 위해서는

그를 속여도 좋은가? 그에게 손해를 주어도

그에게 진실해야만 하는가?

법구경

남자에게 있어 첫사랑은 일생을 좌우한다.

모로아

미래에 있어서의 사랑이란 없다.

사랑은 전적으로 현재에 있어서의 활동이다.

현재 사랑을 알지 못하는 인간은 사랑이 없는 자(者)이다.

톨스토이

사랑을 받는 것은 행복이 아니다.

사랑을 주는 것이야말로 행복이다.

헤세

질투는 반드시 사랑과 더불어 탄생하지만,

반드시 사랑과 더불어 사라지지는 않는다.

라 로슈프코

늙음이 진정한 사랑을 사람으로부터

탈취할 수는 없다. 죽음조차도 사랑을 폐기할 수는

없다. 오히려 사랑은 불사의 진실한 보증이다.

힐티

사랑은 너그럽고 정이 깊으며, 질투함이 없고, 교만하지 않다. 의롭지 않은 일을 기뻐하지 않으며, 진리(眞理)를 기뻐하고, 모든 것을 견디며 모든 것을 믿고, 모든 것을 조화한다. 바울

질투 속에는 사랑보다도 이기심이 더 많다.

라 로슈프코

주요한 관심과 애정을 불러일으키는

두 가지의 요인은, 어떤 물건이

너 자신의 소유물이라는 점과,

너의 유일한 소유물이라는 점이다.

아리스토텔레스

질투는 마음의 울음소리이다.

부드럽게 대하면 질투도 온화해지지만,

거칠게 다루면 온통 불붙는다.

D·개리크

사랑은 명성과 같은 것이어서

한 번 날아가 버리면 결코 되돌아 오지 않는다.

A·밴

비록 대양의 물결이 둘을 갈라놓을지라도

멀리 있음은 매력을 더한다. 눈에 보이지 않음이 사랑을

더욱 정답게 하며 더욱 더 가까이 있고 싶게 한다.

A·질레스피

당신(사랑)을 절대로 잊지 않았어요. 꿈속에서도 언제나,

언제나 당신을 만났어요. 당신 덕택으로 나는 늙지도 않고,

바보가 되지도 않고, 타락하지도 않았어요.

마르셀 카르네

보답되지 않는 사랑은,

서리를 맞고 시들어 버린 나무와 같다.

로페 데 베가

사랑은 모든 것을 믿고 속이지 않는다.
사랑은 모든 것을 이루고 절대로 소멸되지 않는다.
사랑은 자신만의 이익을 추구하지 않는다.
키에르케고르

사랑할 때는 사상 따위가 문제가 안된다. 내가 사랑하는 여자가 음악을 좋아하는가 아닌가는 문제가 아니다! 결국 어떤 사상에도 우열을 결정하기란 힘든 것이다. 세상에는 오직 하나만의 진리가 있을 뿐이다. 그것은 서로 사랑하는 것이다. 로망 롤랑

사람은 사랑하는 이상 용서한다.
라 로슈프코

어려운 것은 사랑하는 기술이 아니라
사랑받는 기술이다.
도데

사랑과 미움은 똑같은 것이다.
다만 전자(前者)는 적극적인 것이고,
후자(後者)는 소극적인 것에 불과하다.
그리스

여자가 가장 열렬히 사랑하는 사람은 첫사랑 애인이지만, 그녀가 가장 능숙하게 사랑하는 사람은 마지막 사랑의 애인이다. 프레보

첫사랑이 유일한 연애라 일컬어지는 것은 당연한 말이다. 왜냐하면, 두 번째 연애에서는 또 두 번째 연애에 의해, 연애의 최고의 뜻이 상실되기 때문이다. 괴테

사랑하는 것, 사랑받는 것, 이것 뿐이다.
이것이 규칙이다. 이것을 위해 우리는 존재한다.
사랑의 위로를 받고 있는 사람은 아무도,
아무 것도 두렵지 않다.
봉사르

자기보다도 진리를 사랑하라.
진리보다도 이웃을 사랑하라.
로망 롤랑

요구하지 않는 사랑,
이것이 우리 영혼의 가장 고귀하고,
가장 바람직스러운 사랑이다.
헤세

사랑은 어떤 점에선 짐승을 인간으로

만들고, 어떤 점에선 인간을 짐승으로 만든다.

셰익스피어

살아있는 신을 정면으로 보고자 하는 자는,

사유의 공허감 속에서가 아니라,

인간애의 깊은 사랑 가운데서 신을 찾아야 한다.

로망 롤랑

오, 사랑이여! 그대는 바로 악의 신이로다.

하긴 우리들은 그대를 악마라고는 부르지 못하니까.

바이런

하늘의 한 군데를 가리키고, 달을 향해 '거기 서 있거라'라고 말하는 사람이 있을까? 젊은 여자에게 '한 사람을 사랑하되 마음이 변해서는 안된다'라고 말하는 사람이 있을까? 푸시킨

사랑! 실로 이것이

인생의 모든 것이다.

도스토예프스키

사랑이란 사람이 사물을 있는 그대로 보다는, 가장 다르게 보고 있는 상태이다. 사랑에의 환상의 힘은, 달콤하게 하는 힘과 변형시키는 힘과 마찬가지로, 여기서 절정에 이른다. 사람이 사랑에 빠져 있을 때, 그는 다른 때보다 더 잘 참으며, 모든 일에 더 잘 순응한다. 니이체

사랑은 합일된 완성의 드라마다. 그것은 개성적이며 또한 비한정(非限定)인 것으로서 자아의 횡포로부터 상대를 해방으로 인도한다. 섹스는 비개성적인 것으로서 사랑과 일치하기도 하고 그렇지 않기도 한다. 섹스는 사랑을 강하게도 깊게도 하지만 또한 반대로 부드럽게 작용하게 하게도 한다. 헨리

사랑은 너무 어려서 양심이
무엇인지 알지 못한다.
셰익스피어

나는 이 여자를 사랑한다고
고백한다. 그것이 죄일지라도,
나는 역시 그렇다고 고백한다.
테렌티우스

훔친 사랑은 남자와 마찬가지로 여자에게도 기분이 좋다. 남자는 솜씨가 서투르지만, 여자는 영리하게 욕망을 감춘다. 오비디우스

사랑은 신뢰의 행위다.
신이 존재하느냐 않느냐는 아무래도 좋다.
믿으니까 믿는 것이다.
사랑하니까 사랑하는 것이다.
대단한 이유는 없다.
로망 롤랑

젊은이들의 사랑은 진정
마음 속에 있지 않고 눈 속에 있다.
셰익스피어

부부의 사랑도 그 열이 식어내리면,
남편도 아내를 미워할 수 있지만,
어버이의 자식 사랑은 평생 계속된다.
R·브라우닝

사랑은 순수한 마음의 감정에서 솟아오른다.

따라서 사랑은 희생적이고 복종적이며 헌신적이다.

로렌스

사랑 없이 사는 것은

정말로 사는 것이 아니다.

몰리에트

사랑! 사랑만이 남자가 여자를 위해

죽음을 감행하게 만든다.

여자도 또한 남자와 같다.

플라톤

자신을 증오하는 자를 사랑해 줄 수는 있지만,

자신이 증오하는 자를 사랑해 줄 수는 없습니다.

톨스토이

사랑과 야심(野心)은

결코 친구를 용납하지 않는다.

R·브룸

사랑은 일에 굴복한다. 만일
사랑으로부터 빠져 나오기를 원한다면,
바쁘게 일하라. 그러면 안전할 것이다.
오비디우스

사랑은 달콤하고 싱싱한 동안에는 좋지만,
즙이 없어져 쓴 맛만 남으면
버려야 하는 야자열매와 같다.
B·브레히트

열렬한 사랑의 한 시간은,
지루한 사랑의 일 년과 같다.
A·밴

나의 하사품은 바다와 같이 끝이 없고, 내 사랑은 바다와 같이 깊어, 내가 당신에게 많이 줄수록 나는 더욱 많이 가지게 되니, 둘의 사랑은 무한하기 때문이다. 셰익스피어

20개의 자물쇠로 미인을 굳게
가두어 놓아도, 사랑은 끝내 그 자물쇠들을
차례로 부수고 열 것이다.
셰익스피어

사랑하면서 바보가 되지 않는 사람은,

사랑하면서 결코 현명(賢明)해 질 수 없다.

T·라이크

사랑받지 못하는 것은 슬프다.

그러나 사랑할 수 없는 것은 훨씬 더 슬프다.

M·D·우나무노

결코 마음을 다 바쳐서 사랑하지 말라.

그렇게 하면 아픔으로 끝날 뿐이다.

C·컬런

우리는 우리가 사랑할 수 있는

사람들을 미워할 수도 있다.

도로우

사랑은 여성의 섬세함을 상실시키고,
남성의 섬세함을 높여 준다.
리히터

우리들에겐 사랑 그 자체로서 충분하다. 마치 방랑 가운데 목적을 두지 않고 방랑 그 자체의 즐거움을 길 위에서 바라는 것처럼. 헤세

당신에 대한 나의 애정은 조석으로 빛나는 명성(明星)과 같고, 태양에 앞서서 솟으며, 태양보다 늦게 사라집니다. 그것은 참으로 극지의 성좌와 같이 결코 지는 일 없이 우리의 두상에 영원한 화관(花冠)을 짜 줍니다. 생애의 궤도 위에 신들이 그것을 흐리게 하시는 일 없도록 저는 간절히 기원합니다. 괴테

사랑하는 사람들은 혼자가 된다.
진정으로 사랑하는 사람들은 상대방이
혼자가 되는 것을 결코 방해하지 않는다.
브하그완

지상의 모든 생물—인간,
네발 짐승, 생선, 가축, 조류(鳥類)등—은
모두 사랑의 불길에 휘말리게 마련이다.
사랑은 모든 것의 제왕(帝王)이다.
베르길리우스

천국도 그와 함께가 아니라면
어둠침침하고 쓸쓸하리!
T·무어

만약 그대가 주는 것만큼 다시 받기를 기대한다면, 그 기대가 그대의 아름다움을 부숴버릴 것이다. 그대가 기대하거나 바라게 될 때 그대의 사랑은 잔재주로 변한다. 브하그완

사랑의 마음이란 마음의 문에서
쉽사리 달아나는 것이 아니다.
셰익스피어

나는, 내가 사랑하는 여인의 도움과
지지가 없으면 내가 하려고 하는
왕으로서의 무거운 책임의 짐을 수행하고
본분을 다 하기가 불가능하다는 것을 알았다.
영국의 에드워드 8세

사랑은 끝없는 신비이다. 사랑은
설명할 수 있는 것이 전혀 없기 때문이다.
타고르

사랑은 마음의 폭군이다.
사랑은 이성을 어둡게 하고,
분별을 혼란시키고,
충고에 귀먹게 한다.
사랑은 필사적인 광증으로 치닫는
저돌적인 과정으로 달린다.
J·포드

사랑은 비밀이 아니게
되는 만큼 즐거움도 사라진다.
O·벤

우리가 한 번 완전히 사랑의 나라에 발을 들여 놓으면, 이 세상이 아무리 결여된 것일지라도 이 세상은 아름답고 풍부한 것으로 보인다. 이 세상은 오로지 사랑으로 살아가도록 성립되어 있기 때문이다. 힐티

연인들끼리의 싸움은
사랑의 갱신(更新)이다.
테렌티우스

사랑은 고칠 수 없는
질병(疾病)이다.
드라이덴

내가 당신을 기다리고 있는 것은, 기다리고자 하는 것이 아니라 기다려지는 것입니다. 말하자면 당신을 기다리는 것은 정조보다도 사랑입니다. 나는 님을 기다리면서 괴로움을 먹고 살이 찝니다. 어려움을 입고 키가 큽니다. 한용운

모든 사랑은 다음에 오는
사랑에 의해서 정복된다.
오비디우스

사랑은 환상의 아이이며,
환멸의 어머니이다.
우나무노

내가 좋은가? 정말 좋은가?
모짜르트

사랑하는 여자가 '나는 진실의 결정덩이예요'라고 맹세할 때, 나는 그녀가 거짓말을 하는 줄 뻔히 알지만 그녀의 말을 믿는다. 셰익스피어

인간적인 사랑으로 사랑할 때는 자칫 사랑에서 증오로 옮겨질 염려가 있다. 그렇지만 신의 사랑은 절대 불변이다. 어떠한 자도, 죽음조차도 이 사랑은 파괴할 수 없다. 이것이 영혼의 참뜻이다. 톨스토이

사랑하느냐 사랑하지 않느냐 하는 것은
우리의 뜻대로 되지 않는다.
코르네이유

애정이 충만된 마음에는
슬픔 또한 많은 법이다.
도스토예프스키

애인의 결점을, 아름다운 점으로
생각하지 않는 사람은
사랑하고 있는 것이 아니다.
괴테

사랑하고 있다는 것은
이미 미친 것이다.
하이네

사랑은 모든 인생의 문제 중에서도 최대의 문제입니다. 왜냐하면 우리들은 사랑에 의해서 신적인 것과 진실로 연결될 수 있기 때문에. 힐티

사랑이 타락할 때 사랑은
소유와 질투가 된다.
브하그완

사랑을 방해하는 것은 아무 것도 없다. 사랑은 문이든, 빗장이든 겁없이 모든 것의 내부를 꿰뚫고 지나간다. 사랑에 시작은 없으며, 다만 영원한 날개짓이 있을 뿐이다. 마피아스 클라디우스

사랑할 수 있다는 것은
모든 일을 할 수 있다는 것을 의미한다.
체홉

우리가 살고 있는 이 세상에서
첫사랑의 의식보다 더 신성한 것은 없다.
롱펠로우

사랑은 오직 한 빛깔, 그러나 그 모사(模寫)는
천 빛깔을 헤아릴 만큼 다양하다.
라 로슈프코

아무한테도 사랑받지 못하는 것은 고통스럽다.
아무도 사랑할 수 없는 것은
살아 있으면서도 죽은 것이다.
그륀베르그

한 사람에 대한 특별한 관심은
다른 사람에 대한 무관심을 뜻한다.
강유위

관능의 사랑은 천국의 사랑을 망각케 한다.
관능적 사랑의 힘만으로 그렇게 될 턱이 없고,
천국의 사랑 요소를 무의식중에
내포하고 있기 때문에 관능의 사랑이 가능한 것이다.
카프카

박애정신은 인간 진보의
여러 가지 중에서도 가장
지진(遲進)한 것이다. 과학의 진보 뒤에
달라붙어서 겨우 아장아장 걷고 있다.
채플린

사랑하는 사람과 함께 있으면서, 가끔 나는 보답되지 않는 사랑을 쏟고 있는 것이 아닌가 하고 온 몸이 노여움으로 가득 찬다. 하지만, 지금은 보답되지 않는 사랑은 없다고 생각하고 있다. 어쨌든 반드시 보답은 있는 법이다. 휘트만

인간은 사랑하는 것을 배우면서
동시에 고민하는 것도 배운다.
유젠 드 겔란

애정! 이것은 아무리 겸손한 것이라도
이것 없이는 어떤 마음도 살아갈 수 없다.
로망 롤망

여자가 한 남자를 사랑할 때, 여자는 그 남자에게 모든 것을 지배당하고 싶어한다. 남자를 사랑하고 있다는 것을 알았을 때의 여자의 본능인지도 모른다. 나는 혁명가의 같은 동료로서, 그의 생활을 돕고, 그가 열애(熱愛)한 딸 아이를 낳은 것을 마음 속 깊이 자랑으로 여긴다. 체 게바라의 아내인 일다

사랑에는 단순한 성교(性交)에의 욕구를 훨씬 넘어선 무엇인가가 있다. 사랑은 인생의 대부분을 통해 거의 모든 남녀가 괴로워하는 고독으로부터 벗어나는 중요한 수단이다. 모든 사람에게는 차가운 계산과 군중 잔학성에 대한 뿌리 깊은 공포심이 있다. 또한 그 한편에는 애정에 대한 동경심이 있는 것이다. 러셀

사랑은 시간의 위력을 파괴하고
미래와 과거를 영원히 이어준다.
빌헬름 뮐러

사랑이 나에게 영감을 줄 때 펜을 잡고,
영감이 마음속에 일러주는 그대로를 표현한다.
단테

사랑이여! 너야말로
진정한 생명의 꽃이다.
휴식 이상의 행복이다.
괴테

사랑은 생명의 꽃이다.
보덴시테트

금전, 쾌락 혹은 명예를

사랑하는 사람은,

사람을 사랑할 수 없다.

에픽테토스

여자의 사랑은 봄으로써, 만져짐으로써 느껴지고

때때로 불태워지지 않으면, 얼마 가지 못하는 것을……

단테

사랑받기 위해서 사랑해야 한다.

세네카

우리는 어떠한 일에도 저항할 수 있지만

호의에 대해서는 저항할 수 없다.

타인(他人)의 애정을 얻기 위해서는,

자기가 애정을 주는 것 외에 확실한 방법은 없다.

루소

청춘은 사라지고, 사랑은 시들며,
우정의 잎사귀는 떨어지지만 어머니의
깊은 사랑은 그 모든 것보다 영원하다.
O·W·호움즈

오직 그대에게 일어나는 일, 그리고
그대 운명의 실에 짜여지고 있는 일만을
사랑하라. 그 이상 적합한 일이 있는가?
마르쿠스 아우렐리우스

사랑에 빠진 사람은
쾌락과 더불어 불행을 얻는다.
디오게네스

사랑은 눈으로 보지 않고 마음으로 본다. 따라서 큐피트는 날개를 지니지만 장님이다. 사랑의 신의 마음에는 분별이 전혀 없으며, 날개가 있고 눈이 없는 것은 성급하고 무모한 증거이다. 그리고 언제나 선택이 잘못되기 때문에 사랑의 신은 어린애라고 한다. 셰익스피어

이성(理性)은 말한다. '우리에게 질투를 일으키게 하는 여자는 사랑할 가치가 없다' 그러나 마음은 대답한다. '내가 질투하는 것은 바로 그녀가 사랑 받을 가치가 없는 여자이기 때문이다.' 부르제

여자는, 자기가 사랑하지 않는
질투 많은 남자를 싫어한다.
그러나 여자는 자기가 사랑하는 남자가
질투하지 않으면 성 낼 것이다.
니노 드랑클로

진실로 사랑하는 사람의
마음속에서는 질투가 애정을 죽이든가,
아니면 애정이 질투를 죽인다.
부르제

질투란 사랑의 보장에 대한 요구이다.
톨스토이

질투는 언제나 다른 사람과의
비교에서 생기며, 비교가 없는
곳에서는 질투가 생기지 않는다.
베이컨

깊은 사랑을 가지고 효도하는 사람은 반드시 온화한 기운이 있고, 온화한 기운을 갖고 있는 사람은 반드시 즐거움이 있고, 즐거움이 있는 사람은 반드시 평화롭다. 소학

얼마라고 계산할 수 있는
사랑은 빈곤한 사랑이다.
셰익스피어

사랑은, 프랑스에서는 희극,
영국에서는 비극, 이탈리아에서는 비가극,
독일에서는 멜로드라마이다.
브레싱턴 부인

사랑은 야수(野獸)를
인간으로 만들기도 하고,
인간을 야수로 만들기도 한다.
우나무노

반한다는 것은 모든 이성을
초월하게 합니다. 그러므로
사랑을 할 수 있을 때는 떳떳하게 하십시오.
대망경세어목

여자가 남자를 사랑 한다고 말할 때는, 남자가 비록 그녀를 사랑하지 않더라도 들어 주어야 할 것이다. 브라우닝

클레오파트라 : “당신이 돌아가시면 이 세상은 돼지 우리와 같아요. 이런 세계에 머물러 있으란 말인가요?” 셰익스피어

분별을 잃은 사랑으로도 자식은 낳겠지만 언젠가는 그 자식을 낳게 한 생명까지도 위협하는 원인이 될 수 있습니다. 이를테면 몸도 마음도 망부를 떠나지 않는 매미 허물 같은 여자와, 주군에게 오로지 감사만을 하고 있는 여자가 있다면 어느 쪽을 선택하시겠습니까? 맹목적인 의지가 저지른 일이기 때문에 역시 끊임 없는 분별이…… 대망경세어록

재물도 지위도 사랑에 비하면
쓰레기에 지나지 않는다.
그래드스턴

사랑은 들장미! 우정은 호랑가시나무!
들장미 꽃이 필 때는 호랑가시나무꽃은
색이 바래 버린다. 하지만
어느 쪽이 항상 피어 있을까?
에밀리·브론테

사랑의 편지—청년은 성급히 읽고,
장년은 천천히 읽고, 노년은 다시 읽는다.
프레보

사랑을 하고 사랑을 잃는 것은,

사랑을 전혀 하지 않는 것보다 낫다.

테니슨

찬탄과 우애의 결합은

애정의 가장 확실한 처방이다.

모로아

사랑에 대해 더 이상 바랄 것이 없을 정도의

만족한 기분이라고 당신은 말씀하셨습니다.

아아! 그 기분은 나를 무엇보다도

두렵게 만듭니다.

지이드

사랑은 봄에 피는 꽃과 같다.

비록

향기조차 없는 메마른 폐허일지라도,

모든 것에 희망을 가지게 하고

훈훈한 향기를 넣어준다.

에밀리·브론테

사랑을 하는 사람의 귀에는 아무리

작은 소리라 할지라도 들린다.

셰익스피어

사랑은 우리들을 행복하게 하기

위해서 있는 것이 아니라, 우리들이

고뇌와 인내에서 얼마만큼

강인할 수 있는 가를 보여주기 위해서 있다.

헤세

무엇보다도 사랑과

소문에 대한 이야기는

차를 맛있게 한다.

필딩

그대의 상대자로 하여금 그대가 필요하지 않도록, 자기 자신의 힘으로 넘쳐 흐르도록 도우라. 그대의 상대자가 혼자가 되어 완전한 자유를 누릴 때, 그 자유로움을 그대와 함께 나눌 수 있다. 그때 상대자는 그대에게 많은 것을 줄 것이다. 그러나 그것은 결코 필요에 의해서가 아니라 넘쳐 흐름으로 인한 것이다. 브하그완

사랑의 불길은 이따금

우정에 재를 남긴다.

레니에

근시안들이 사랑을 하고 있다.

니이체

사랑을 해서 현명하게

된다는 것은 불가능하다.

베이컨

세상이 부여하는 모든 전제(專制)는

우리들 애정의 가장 격렬한 지배자다.

W. 알렉산더

어떤 사람에게도 악의를 품지말고, 모든 사람에게 사랑을 지니며, 신이 우리들에게 정의를 보는 눈을 주셨으니 확고하게 정의에 입각해서 우리들이 맡고 있는 이 일을 완성하기 위해서 노력하자. 링컨

돈이 있는 한 사랑은 지속된다.

객스턴

짧게 웃고 길게 운다.

이것이 사랑의 본질이다.

가이베르

사랑에는 두려움이

있을 수 없다.

세네카

사랑이라고 하는 것은 소유이다.
상대방의 생활의 자유는 털끝만큼도
인정하지 않으려고 하는 것이 사랑이다.
청담조사

내가 사랑하는 여자의 변덕스런 마음은,
나를 사랑하는 여자들의 무절조에 의해서만이
상쇄(相殺)될 수 있다.
B·쇼우

인생의 자애(自愛)는
기나긴 로맨스의 시초다.
와일드

나는 당신들을 모두 사랑하고 있어요. 그리고 어느 분에게도 나쁜 짓 따위는 하지 않았습니다. 그런데 당신들은 왜 나에게 이렇게 지독한 꼴을 보게 하십니까? 톨스토이

사랑에 대한 유일한 승리는 탈출이다.
나폴레옹, 오머러

사랑하는 것도 인간적이요,

사랑에 몰두하는 것도 인간적이다.

플라우투스

가장 키가 작은 여자는

가장 키가 큰 남자를 사랑한다.

보몬트와 플레처

사랑은 부드러운 눈길로 유인된다.

오비디우스

신은 사랑에서만 고백하는

마음을 요구한다.

힐티

우정이 거짓말에 의해 죽는 것처럼,

사랑은 진실에 의해서 죽는다.

보나르

사랑이 충족되면,

사랑의 매력은 모두 사라진다.

코르네이유

참 신앙, 참 귀의의 본뜻은, 흔히 말하는 자기의 복을 빌고 안위를 부탁하는 데 있는 것이 아니다. 그 신앙하는 귀의자의 정신과, 그것을 체(體)한 귀의자 심법과의 일치에 있는 것이다. 저와 나와의 심동(心動)이 없는 경지(境地). 법구경

고통이 없는 사랑에는 생명이 없다.

토마스아 캠피스

사랑 자체를 의심하지는 말라.

뮈세

우리는 이유없이 사랑하고,

이유없이 미워한다.

J. 르나르

사랑은 결점을 묻어준다. 그러나 그
결점에서 오는 고통을 두려워하여,
일부러 사랑을 못본 척 하기도 한다.
법구경

사랑은 나이들어 생기 없는 사람들을 젊게 만들며,
젊음을 찾는 사람들을 언제까지나 젊게 만든다.
카트라이트

사랑에서는 침묵도 웅변이 될 수 있다.
콘그리브

사랑은 결점을 보지 못한다.
T. 플러

성(性)에는 변화가 필요하지만,
사랑에는 변화가 필요없다.
T. 라이크

사랑은 수단도 방법도 알지 못한다.
P. 플레처

존경하는 마음이 없이는,
참된 사랑(慈愛)은 성립하지 못한다.
피히테

지혜로운 사람만이 사랑할 줄 안다.
세네카

참된 사랑이 있는 곳에서는,
형식상의 예의는 필요하지 않다.
길버트

사랑은 고독의 위안물이다. 사랑은 죽음에 대한 오직 유일한 의약(醫藥)이다. 왜냐하면 사랑은 죽음의 형제이기 때문에. 우나무노

발자국을 남기지 않고
눈 속을 걸을 수 있게 되었을 때,
사랑을 하라.
에드워드 버니

사랑의 본질은 영혼의 정열이다.
스웨덴보리

애정이란 실로 온갖 형태로 나타나는 것이다. 질투도 애정이고, 답답함도 애정이고, 때로는 증오도, 적의도, 저주도, 살의도 애정의 변형이 될 수 있다. 대망경세어록

사랑의 힘은 모든 것을 창조했다.

예술을, 또한 종교를.

이것은 세계의 축(軸)이다.

로댕

진실한 사랑의 길은 결코 평탄하지 않다.

셰익스피어

애정은 멀리서 보면 매끄럽지만,

가까이서 보면 거칠다.

R. 헤지

구르는 돌에 이끼가 끼지 아니하듯,

방황하는 마음에는 애정이 깃들지 않는다.

A. 제임슨

애정만을 말하는 이는,

언제나 진실이 없다.

T·미들턴

상처받기 전까지는,

사랑은 사랑이 아니다.

T·레트카

이 세상에서 사랑만큼 달콤한 것은 없다.

사랑 다음으로 달콤한 것은 미움이다.

롱펠로우

'사랑은 죽음보다 강하다……'이 말은 사실 치정의 범죄적 본능 이외에 다른 무슨 의미를 가진 것이 있겠는가? 그렇지 않으면 회상적 감상 이외에—. 법구경

사랑에 대한 최초의 한숨은,

궁극의 지혜로 유도한다.

앙프완느 쁠레

결혼은 사랑의 과실(果實)이다.

몰리에르

사랑이 있는 곳에 항상 질투가 있다.
독일 격언

겸손한 사랑은 포악함보다 효과가 있다.
도스토예프스키

사랑과 괴로움은 언제나 우리를 따라 다닌다. 기쁨과 슬픔, 사랑과 미움은 항상 안팎을 이룬다. 임어당

질투는 사랑의 자식이라고 한다.
그러나 부모가 서둘러 이 아이를
질식시키지 않으면, 이 아이는 부모를
독살할 때까지 쉬지 않을 것이다.
J·C·헤어와

사랑의 무서운 형벌인
질투 없이는 참사랑이 있을 수 없다.
메러디드

자기 자신만을 사랑함은,
신(神)에 대한 사랑을 사악(邪惡)하게 한다.
자기 자신과 모든 사람을 사랑함은,
신을 사랑함을 의미한다.
톨스토이

사랑의 가장 큰 비극은 서로 사랑하지 않는다는 사실이다.

사랑은 말보다 행동이, 행동보다 마음이 더욱 중요하다.

모든 병의 근본은 마음에서 시작된다.

최진용(崔晋榕)

'스승이여, 법(法) 속에 있어서 가장 큰 사명(使命)은 무엇입니까?' 그리스도는 대답하였다. '너의 신(神)을, 너의 모든 마음과 정(情)과 지(智)로써 사랑하라. 이것이 제 1의, 가장 큰 명령이다. 제 2의 명령은 이웃을 사랑함이, 너 자신을 사랑함과 같이 하라.'이 두 명령 위에, 예언자(豫言者)들은 모든 법(法)의 증거를 세우고 있는 것이다. 성서(聖書)

사랑은 우리들 인생에 있어서

최초의 것이 아니다. 사랑은 최후의 것이다.

사랑은 원인(原因)이 아니다.

사랑의 원인이 되는 것은 자기 마음속에,

신의 정신을 최초로 의식하는 그것이다.

이 자의식(自意識)이 사랑을 요구하며

또한 사랑을 낳는다.

톨스토이

그대가 사랑을 거부한다면,

그대의 사랑도 거부 당하리라.

테니슨

사랑의 감정은 죽음의 공포보다 강한 것이다.
헤엄을 못치는 어버이가 그 자식이 물에 빠진 것을
보고 뛰어드는 것은 사랑의 감정이 시킨 것이다.
사랑은 자기보다 나 이외의 사람에 대한 행복을
위해서 발현되는 것이다. 인생의 모든 모순은
사랑으로써만 해결되고 또 해결할 수 있다.
사람은 나 자신을 위해서는 약하고 남을 위해서는 강하다.
톨스토이

하늘에는 사랑의
빛이 충만해 있다.
빌리·그래엄

그러면 악한 자라도 사랑하란 말인가?

나는 악한 자를 보고는 눈 감을 수가 없다.

그러나 미워할 것은

행위이지 사람은 아닌 것이다.

미움에 대한 성급한 판단은 삼가해야 한다.

힐티

어느 부부가 고아원을 찾아와서, 부부의 마음에 드는 한 소년을 데려다가 양육하려고 했다. 부부는 소년에게 자기들이 줄 수 있는 여러가지 물건을 열심히 말했다. 그러자 소년은 다음과 같이 대답했다.

"좋은 집에서 좋은 옷을 주시고 여러가지 장난감만을 주시려거든, 나는 여기 그냥 있는 게 좋겠어요."

"그럼 너는 그 밖에 무엇을 원하느냐?"

부인이 물었더니, 그 소년은 다음과 같이 대답하였다.

"나를 사랑해 줄 사람을 바랍니다."

미담

part 7

우정(友情)에 대하여

안전 제일주의로 친구를 택하는
사람을 친구로 삼지 말라.
아우렐리우스

수많은 여인의 정을 모은다 해도 내 가슴에 타는 우정의 불에는 미치지 못한다. 언제나 이 가슴에 꺼지는 일이 없이, 내 가슴은 따뜻한 우정으로 물결친다. 바이런

사랑에는 믿음이 필요하고
우정에는 통찰이 필요하다.
보나르

그 사람에 대해 알지 못하거든 그 벗을 보라!
사람은 서로 뜻이 맞는 사람끼리 벗하기 때문이다.
메난드로스

가장 친한 친구라 할지라도 서로에 대한 생각을
전부 말해 버리면 평생도록 적이 될 수 있다.
사를르 뒤클로

우정은 사랑과 마찬가지로 잠시 동안의
단절로 강화될 수 있을지는 모르나,
오랜 부재(不在)에 의해서 상실된다.
S·존슨

무수한 사람들 가운데 나와 뜻을 같이할
사람 한 둘은 있을 것이다. 그것으로 충분하다.
바깥 대기를 호흡하는 창문은 한 둘만으로 족하다.
로망 롤랑

행복한 결혼이란 애정에 아름다운 우정이 접목(接木)되기 마련이다. 이 우정은 마음과 육체가 서로 결부되어 있기 때문에 한층 견고한 것이다. A·모로아 참된 우정은 앞에서 보나 뒤에서 보나 똑같다. 앞에서는 장미로 보이고, 뒤에서는 가시로 보이는 그런 것이 아니다. 그러므로 참다운 우정은 생애의 마지막 날까지 변하지 않는다. 류카아르

젊은 남녀 간의 사랑은 아침 그림자와 같아서 점점 작아지지만, 노인의 마음에 깃든 우정은 저녁 무렵에 지는 그림자와 같이 인생의 태양이 가라 앉을 때까지 점점 커져간다. J·베벨

친구는 친구의 약점을
용인해 주어야 한다.
셰익스피어

친구는 조용히 책망하고
공개적으로 칭찬하라.
푸블릴리우스 시루스

한 평생 친구 하나면 족하다.
둘은 많고 셋은 거의 불가능하다.
에덤즈

우정을 영원히 변치 않게 하기 위해서는 다음과 같은 규율을 지켜야 한다. 벗에게 파렴치한 일을 요구하지 않으며, 또한 벗이 파렴치한 일을 요구하면 행하지 않는 것이다. 시세로

사람을 사귀는 데 있어서는 그 사람의 장점을 취할 것이며 단점은 취하지 말라! 이렇게 하면 오래도록 사귈수 있느니라. 공자(孔子)

성실하지 못한 벗을 가질 바에는 차라리 적을 가지는 편이 낫다. 성실하지 못한 것처럼 위험한 것은 없기 때문이다.
셰익스피어

남녀 간에는 정열, 적의, 숭배,
연애는 있을지언정 우정은 존재하지 않는다.
와일드

우정에 있어서 최대의 노력이란
상대방이 자기 결점을 나에게 보여주게끔
만드는 일이다.
라 로슈프코

두 사람의 친구는 장래에 대한 이야기는 서로 하지 않는다. 그러나 장래에 다시 만날 것을 확신한다. 이에 반해서 두 사람의 연인은 언제나 장래의 일에 대해서 서로 이야기 한다. 하지만 장래는 그들의 마음과 같이 되지 않는다. 보나르

우정이란 서로 대등한 사이로

이해를 떠난 관계이다.

O·고울드스미드

우정이란 꽃은 가냘퍼서

불신이란 벌레가 파먹기 쉽다.

L·가이벨

어떠한 슬픈 일이 있을 때 따뜻한 잠자리에 눕는 것은 좋은 일이다. 그러나 이 보다 훌륭한 잠자리는 상냥하면서도 깊어서 측량할 수 없는 거룩한 향기가 가득히 떠도는 침대에서의 잠자리이다. 프루스트

우정은 동등한 관계이다.

칸트

우정은 감정만이 아니다,

무엇보다도 먼저 행위이어야 한다.

고호

우정이란 생애에서 한번 밖에 얻을 수 없을 뿐 아니라,

우정을 계속해서 지켜나가는 사람은 극히 드물다.

로망 롤랑

나는 당신이 친구의 고뇌를

당신의 고뇌와 같이 생각할 때에

당신을 찬양한다.

플라우투스

친구는, 자기 친구를 대신하여 버티며

고충받기를 회피해서는 안된다.

에드워즈

우정과 사랑은 서로 용납되지 않는다. 열렬한 사랑을 경험한 사람은 우정을 소홀히 여기고, 우정에 정성을 쏟는 사람은 사랑을 위해서는 아무런 것도 하지 않는다. 임어당

남녀 간의 우정은 날개 없는 사랑이다.

바이런

우정은 존경의 위에, 다시 말하면
마음의 특성 위에 구축된다. 그러나
연애는 육체의 특성 위에 구축된다.

E. 클라이스트

술로 사귄 친구는 술과 같이
하룻밤 밖에는 가지 않는다.

로거우

나는 더 이상 보답할 수도
응징할 수도 없는 지금에 와서야,
나의 친구들 중에서 어떤 친구가 진실하며
어떤 친구가 거짓된가를 깨달았다.

키케로

친구가 알지 못하는
좋은 것을 갖지 않도록 하라.

칼리마쿠스

야비한 사람과 어울리면,
인생이 야비하다고 생각된다.

에머슨

취미는 바꾸더라도

친구는 바꾸지 말라.

볼테르

친구의 잔치에는 천천히 가되,

친구의 불행한 일에는 서둘러 가라.

킬론

언제나 여자의 우정은 제 3의

여자에 대한 음모에 지나지 않는다.

알퐁스 칼

친구에 대해서 우리들은, 우리들에게

지장이 없는 한, 쉽사리 그 결점을 용서한다.

라 로슈프코

나와 벗 사이는 내가 책을 대하는 것과 같다.

에머슨

친구는 고통의 슬픔을 경감한다.

T·플러

한 사람의 진실한 벗은 천 명의 적이,
우리를 불행하게 만드는 그 이상으로
우리를 행복하게 만든다.

에센바흐

내가 조금이라도 가지고 있는 이상,
나의 친구는 한 사람이라도
군색한 일이 있게 해서는 안된다.

베에토벤

우정과 결혼—최선의 아내를 얻는 것은
최선의 친구를 얻는 것이다.
좋은 결혼은
우정의 재능에 바탕을 두는 것이니까.

니이체

우정은 성장이 느린 식물이다.

우정이라는 이름을 붙이기 전에 우정은

몇 번이나 어려운 타격을 받고 참아내야 한다.

조지 워싱턴

군자의 사귐은 맑기가 물과 같고,

소인의 사귐은 달기가 꿀과 같으니라.

명심보감(明心寶鑑)

물이 지나치게 맑으면 사는 고기가 없고,

사람이 지나치게 비판적이면 사귀는 벗이 없다.

맹자

남녀 간의 우정과 사랑은 공존할 수 없다.

스큐데리

우정이란 거의 굴종에 기초를 둔다.

도스토예프스키

친절한 벗의 선물은 아무리

사소한 것일지라도 매우 소중하게 여겨야 한다.

이것은 친절한 마음씨 만으로도

커다란 선물이 되기 때문이다.

디오크리토스

우리는 연애를 꿈꾸는 일은 있어도
우정을 꿈꾸는 일은 없다. 왜냐하면
꿈꾸는 것은 육체이기 때문이다.
보나르

그대의 우정이 그대의 연애와 마찬가지로,
그대의 고독한 신기루에 지나지 않는다는 것을
그대는 매우 잘 알고 있다.
보나르

함께 우는 것만큼 사람의 마음을
결합시키는 것은 없다.
루소

너의 친구에 관해서 나에게 말하라.
그러면 네가 어떤 사람인가를 말해 주마.
세르반테스

한 명의 친구도 만족시키지 못하는 사람은
인생에서 성공했다고 할 수 없다.
도로우

친구란 무엇인가?
솔직하게 당신 자신을 드러내
보일 수 있는 사람이다.

F·크레인

좋은 벗을 얻는다는 것은
큰 자본을 얻는것과 같다.

크리스토프·레먼

우정과 연애는 인생의 행복을 가져 온다.
두 개의 입술이 마음을 아주 즐겁게 하는
키—스를 만들어 내 듯이.

C·F·헵벨

친구의 본래의 임무는, 당신의 형편이 나쁠 때에
당신의 편을 들어 주는 것이다. 당신이 옳은 곳에
있을 때는 거의 누구나 당신 편을 들것이다.

마크 트윈

훌륭한 인생을 살기 위해서
진정한 친구를 갖는 것만으로는 충분치 않다.
고귀한 적도 가져야 한다.

보나르

먹고 마시고 즐기는 일에는 많은 친구가 있다.

하지만 위급한 일에 있어서는 친구가 몹시 드물다.

테오그니스

두 사람의 우정에는

한 사람의 인내가 필요하다.

영국 격언

너의 적에게 알려서는 안될 일이면,

너의 친구에게도 말하지 말라.

쇼펜하우어

결혼이란 제도의 도움으로 진정한 연애가

계속되는 것과 같이, 피어나는 우정도

일종의 구속이 필요하다.

모로아

물은 그릇의 모양을 따르고,

사람은 친구의 선악을 따른다.

한비자

머리 속의 한쪽 구석을 개방해 놓고 자유스런 장소를 항상 마련해 두어야 한다. 이것은 친구의 의견에 하나의 의견을 제공하기 위한 것이며, 또 그 의견이 받아들여질 때 머물 수 있도록 하기 위해서이다.

킹슬리

오래된 친구를 버리지 말라.

새 친구는 오래된 친구와는 비교도 되지 않기 때문이다.

새 친구는 새 포도주와 같고,

오래된 친구는 오래된 포도주와 같다.

경외경(經外經) 전도서

좋은 벗은 황야에서

솟아 나오는 샘물이다.

G·리어트

공개된 원수는 저주라는 감정이 드러나지만,

우정을 가장한 친구는 공개된 원수보다 더욱 나쁘다.

L·게이

대부분의 사람들은, 자기의 가장 가까운
친구들의 열등한 점을 남몰래 즐긴다.
체스터필드 경

가난한 사람은 새로운
친구를 사귀지 못한다.
더퍼린 백작 부인

우정의 장점은 뛰어난 견해이고 사랑은 맹목적이다. 벗의 결점을 보지 않는 사람은 그 벗을 진실로 사랑하는 사람이 될 수 없다. 애인의 결점을 보는 사람은 이미 그 애인을 사랑하지 않는 사람이다. 알랭

우정이 사랑의 영역 속으로 들어오면, 다시 말해서 남녀 두 사람의 의사가 서로 통하면 바로 식어서 꺼져 버린다. 그러나 우정은 욕망이 강하면 강할수록 즐길 수 있으며, 또한 그 즐거움에 의해서만 고조되고 가꾸어진다. 우정은 정신적인 것으로, 우정은 사용함으로써 세련되어지기 때문이다. 몽테뉴

마음속으로는 생각해도 말하지 말며,
서로 사귄 후에는 친해도 분수에 넘지 말라.
그러나 일단 자기 마음에 든 친구는
쇠사슬로 묶어서라도 놓치지 말라.
셰익스피어

세상에는 기묘한 우정이 존재한다.
서로 잡아먹을 것처럼 하면서도 헤어지지도
못하며 일생을 그대로 지내는 우정이 있다.
도스토예프스키

친구라는, 네 자신의 생명의
열쇠를 걸어 간직해 두라.
셰익스피어

진정한 친구의 역할을 행하는 데는, 신용과 자기만족으로 사회생활에서의 어떤 직위나 능력을 충족시켜 주기보다는, 양심적인 분위기나 인간적인 조언이 진정 필요하다. S·S·엘리스

친구를 잃지 않는 최상의 길은
친구에게 아무 빚도 지지 않고
아무 것도 빌려주지 않는 것이다.
P·D·코크

세상에서 불행은 다만
한 사람의 친구도 없다는 것이다.
로망 롤랑

만일 그대가 가난하다면,
그대의 형제는 그대를 미워하며
그대의 친구들은 그대로부터 달아날 것이다.
초서

우정은 지혜에 바탕을 둔다.
따라서 지혜의 신만이 진실하고 영원한
우정의 근본이며 기초이다.
U·쯔빙글리

이 세상에서 잃어버린 친구를 대신할 만한 것들은 아무 것도 없다. 오랜 친구는 쉽게 만들어지는 것이 아니다. 서로에게 공통된 그 많은 추억, 함께 겪은 그 많은 괴로운 시간, 그 많은 불화와 화해, 마음의 격동이라는 보물보다 값어치가 있는 것은 아무 것도 없다. 어떠한 것도 이러한 우정을 다시 만들어내지 못한다. 참나무를 심었다고 해서 머지 않아 그 그늘 밑에서 쉬기를 바란다는 것은 헛된 일에 불과하다. A·생텍쥐베리

우정은 영혼의 결합이고, 마음의 결합이며,

덕성(德性)의 계약이다

W·펜

사랑은 보상을 찾지만,

우정은 댓가를 요구하지 않는다.

R·허비

우정은 우정으로서만 얻어지는 것이다.

T·윌슨

친구를 얻는 것은 일생을 통하여

행복을 보장하는 모든 방법 중에서

가장 소중한 것이다.

에피쿠루스

빈약한 영혼은 우정의 경우보다

연애의 경우에 더욱 쉽사리 착각을 일으킨다.

보나르

친구와의 싸움이, 우정을

새로와지게 하는 것이 되게 하라.

릴리

내가 사랑을 받지 못하는 것은 반드시 내가 어질지 않기 때문이며, 사귀면서 존경받지 못하는 것은 반드시 내가 뛰어나지 못하기 때문이며, 재물을 놓고 신용을 받지 못하는 것은 반드시 나의 신용이 없기 때문이다. 이 세 가지를 자신이 지니고 있다면 어찌 남을 원망할 것인가? 잘못이 자기에게 있는데도 그것을 남에게 미루는 것은 어찌 또한 어리석은 일이 아니겠는가? 증자

우정이라든가 그와 비슷한 감정은 나에겐 고통을 의미한다. 가엾은 베에토벤, 너에겐 그것으로 좋다. 행복은 외부에서 오는게 아니다. 너는 모든 것을 자기 자신이, 너의 마음속에서 창조해내지 않으면 안된다. 오직 관념의 세계 속에서만 너의 친구를 발견할 수 있는 것이다. 베에토벤

얼굴은 웃고 있으면서도 그 눈이 웃고 있지 않는 것은
사악한 성격의 소유자이거나, 슬픔을 지닌 사람이다.
이런 사람을 친구로 사귀면 위험하다.
레르몬토프

인생에서 우정을 없애 버리는 것은
이 세상에서 태양을 없애 버리는 것과 같다.
창조주께서 인간에게 베풀어 준 것 중에 우정만큼
아름답고 소중한 것이 또 있을까?
M·T·시세로

어떤 벗이 참된 벗인가를 알아보기
위해서는 진지한 원조와 커다란 희생을
필요로 하는 경우가 좋다. 그러나
최선의 좋은 방법은 자신에게 닥친
불행을 알리는 순간이다.

쇼펜하우어

가장 강한 우정은 유사(類似)로부터 생겨나고,
가장 격한 우정은 배반에서 생긴다.

크란쥬 부인

중상 모략을 하는 자들이 끊임없이
희생자를 내면서 비열한 친구가 되어가는
것은 보기만 해도 메스꺼운 일이다.

보나르

순경(順境)에서 친구를 발견하기란
지극히 쉽지만, 역경에서 친구를
발견하기란 지극히 어렵다.
에픽테토스

뜻과 행실이 같으면 천 리를
떨어져 있어도 서로 어울릴 것이다.
뜻과 행실이 같지 않으면 대문을
마주 하는 사이라도 서로 통하지 않는다.
회남자

어떠한 일이 있더라도, 친구를 가지고
있다는 것은 위안과 용기가 된다,
D·크리소스토프

우정은 순간이 피게 하는 꽃이고,
시간이 익게 하는 과실이다.
코체프

자기가 좋아하는 친구에게 마음을
털어놓을 수 있으면 슬픔은 거의 사라진다.
보나르

착한 친구의 화난 얼굴은,

악한 친구의 웃는 얼굴보다 아름답다.

덴마크의 격언

친구가 너에게 화를 내거든, 너에게 큰 친절을 베풀 기회를 친구에게 만들어 주어라. 그러면 그의 마음은 틀림 없이 풀릴 것이며 다시 너를 사랑하게 될 것이다. 장·파울

한결같은 우정과 영원한 사랑을

할 수 있다는 것은, 마음의 선(善)함

뿐 아니라 정신력이 강하다는 두 가지

위대한 증거이다.

W·해즐리트

우정이란 무엇인가? 이름 뿐이다.

나는 어떤 인간도 사랑하지 않는다.

형제 자매조차 사랑하지 않는다.

형 조셉만은 조금 사랑하고 있다.

다만 그것도 습관상에서이다.

나폴레옹

사랑이란 무엇인가? 두 마음이 한 몸이 된 것이고,
우정이란 무엇인가? 두 몸이 한 마음이 된 것이다.
J·루

친구에게 일체 자신의 비밀을 말하지
않는다면, 그 친구가 적(敵)이 되더라도 결코
그를 두려워하지 않을 것이다.
메난드로스

친구를 우리에게 더욱 가깝게 묶어두기 위하여 우리는 그에게 봉사해야 하며, 또한 원수를 친구로 만들기 위해서도 그에게 봉사해야 한다. 클레오블루스

어떤 목적을 위해 시작된 우정은
그 목적이 이루어졌을 때에 끝난다.
카알스

인정이 없는 사람은 짐이 없는 나그네와 같이 홀가분하다. 인정이 많은 사람은 다른 사람보다 훨씬 자유롭지 못하다. 그런데 더욱 다른 종류의 사람이 있다. 스스로는 인정이 많다고 믿지만, 텅 빈 트렁크나 작은 상자를 애써 가지고 돌아다니는 사람이다. 보나르

불행한 때 맺어진 우정은, 행복한 때

맺어진 우정보다 오래 지속된다.

다피

우정은, 한 쪽에서 지나치게

무거운 짐을 지우면 파괴된다.

크니케

화해한 친구와 다시 데운

수프의 고기를 조심하여라.

스페인 속담

우리는 친구를 의지하면서 친구가

우리를 의지하고 있다는 것은 미처 알지 못한다.

보나르

우정은 영혼의 결혼이다.
볼테르

우정의 충만은 천국이며,
우정의 결여는 지옥이다.
또한 우정의 충만은 삶이며,
우정의 결여는 죽음이다.
모리츠

어떤 우정은 자연으로 맺어지고,
어떤 우정은 계약으로, 어떤 우정은 이해관계로,
또 어떤 우정은 영혼으로 맺어진다.
J · 테일러

나이 많음을 염두에 두지 말고, 지위의 높고 낮음을 개의치 말고, 형제의 세력을 개의치 말고 벗을 사귀라. 벗이란 상대방의 덕을 가려 사귀는 것이니 여기에 무엇을 개재시켜서는 안되느니라. 맹자

약속으로도 친구를 얻을 수는 있다.
그러나 실천에 의하여 친구를 보호하며
붙잡아 두어야만 한다.
펠덤

우정이 갖는 매력의 하나는,

바보들의 자랑거리가 아니라는 점이다.

그들은 우정을 위해 자기를 소중히 한다.

보나르

당신이 경멸했던 사람을 참다운

친구로 삼는 것은 즐겁다.

콜레트

모두에게 공손하되 몇 사람에게만 친숙하라.

또 친숙한 사람이라도 그들을 믿기 전에

잘 시험해 보도록 하라.

보나르

사람이, 이 세상에서 한 사람의

친구도 갖지 못하는 것은 불행이다.

그러나 바로 이러한 것 때문에 원수도

가지지 아니할 것이다.

핼리팩스 경

벗 사이에서는, 나쁜 일이면 그 앞에서

말하라. 숨어서 비방하지 말라.

좋지 않게 들리리라. 그 앞에서 그의 잘못을

책망하고 숨어서 그의 착함을 칭찬하라.

카이바라 에키텐

모든 사람의 벗이 되려고 하는 사람은
아무의 벗도 아니다.
프레베르

친구를 선택하는 데에는 상당히 조심하지 않으면 안된다. 왜냐하면 세상에는 전염병과도 같은 사람이 있기 때문이다. 처음에는 다 같은 사람으로 보여서 상대편이 어떤 사람인지 모르고 사귄다. 그러나 정신을 차렸을 때는 이미 그의 병이 자기 몸에 완전히 퍼졌을 것이다. 고리키

그대에게 죄를 지은 자가 있거든, 그가 누구이든 그것을 잊어버리고 용서하라! 그 순간 그대는 용서한다는 행복을 알 것이다. 우리에게 다른 사람을 책망할 수 있는 권리는 없는 것이다. 톨스토이

빈곤이 집안으로 들어오면 거짓 우정은
곧 창문으로 달아나 버린다.
뮐러

벗을 믿지 않음은 벗에게 속아 넘어가는
것보다 더 수치스러운 일이다.
벗은 제 2의 자기이기 때문이다.
라 로슈프코

우정에는 다른 사물과 마찬가지로 싫증이 생겨서는 안된다. 마치 오래 묵은 포도주처럼 오래가면 갈수록 달콤해지는 것이 당연한 이치이며, 참다운 우정을 알기 위해서는 여러 말의 소금을 먹어봐야 한다는 말은 옳은 말이다. 키에르케고르

자기보다 나은 자(者)를
가려서 친구로 사귀라.
법구경

우정이 싹튼 후에는 믿어야 하고,
우정이 싹트기 전에는 판단을 내려야 한다.
세네카

직위와 애정 문제만 떠나면,
우정은 어디서나 변함이 없다.
셰익스피어

사랑은 신뢰받을 필요가 있고,
우정은 이해받을 필요가 있다.
보나르

인생에 있어서 고통받는 친구와 더불어
어깨를 나란히 하고 운명의 신과 싸우는 자의
기쁨보다 더 큰 기쁨은 없다.
워즈 던튼

끊을 수 있는 우정은 결코 진실일 수 없다.
성 제롬

깨어진 우정은 납땜으로 이어질 수도 있다.
그러나 결코 튼튼하지는 않을 것이다.
T·플러

두 마음으로는 한 사람도 얻지 못한다.
그러나 한 마음으로는 백 사람도 얻을 수 있다.
회남자

구두나 모자는 새것보다 헌 것이 더 편하다.
친구도 마찬가지이다.
노만 · 필

우정은 대부분 겉치레에 불과하며,
애정은 대부분 어리석은 행위에 불과하다.
셰익스피어

우정은 우정으로서만 얻어지는 것이다.
윌슨

우정이란, 그 글자만 보아도
가슴이 흐뭇해지는 그런 단어이다.
비럴

우정이여, 경계하라. 여자가 개입하면
너의 파멸은 시간 문제라는 것을 확신하라.
J·밴브러 경

친구에게 충실한 사람은,
자기 자신에게도 충실하다.
에라스무스

진정한 친구는 자유롭게 흉금을 털어놓고, 정당하게 충고하고, 때맞춰 돕고, 대담하게 모험하고, 끈기 있게 참고, 용감하게 막아주는, 변함없는 우정을 계속한다. W·펜

진실한 사랑이 드물다 해도,
진실한 우정만큼 드물지는 않다.
라 로슈프코

새에게는 둥지, 거미에게는 거미줄,

인간에게는 우정.

블레이크

우정이란 고상한 이름이며,

세련된 사랑이다.

센틀리버

나보다 나을 것 없고 내게 알맞은 길동무가 없거든,

차라리 혼자 가서 선(善)에 힘써라.

결코 어리석은 길동무를 만들지 마라.

법구경

운명은 친척을 만들어 주지만,

선택은 친구를 만들어 준다.

J·델릴

우정은 인생의 술이다.

영

진실된 친구가 있는 사람은 복된 사람이다.

T·플러

가장 좋은 거울은 오랜 친구이다.

G·허버트

결혼한 벗은 잃어버린 벗이다.

입센

진정한 그대의 친구라면,

그대가 필요로 할 때 그대를 도울 것이다.

반필드

인간은 누구나 자기가 사귀는 벗과 같다.

에우리피데스

친구라는 이름은 흔하지만

우정 있는 친구는 극히 드물다.

파에드루스

친구의 부탁에는 내일이 없다.

G·허버트

솔직한 감정은 자연스럽고

깊이가 있고 진실을 담고 있다.

파스칼

너 자신의 친구가 되라. 그러면

남도 또한 너의 친구가 되리라.

T·플러

연애에 있어서는 세상을 버리며,

우정에 있어서는 세상을 내려다본다.

보나르

정의는 옳은 것이지만 친구가 적고,

불의는 옳지 않은 것이지만 친구가 많은 법이다.

공자

다른 사람이 나를 소중히 여기기를 바라거든

내가 먼저 다른 사람을 소중하게 여겨야 한다.

증자

세상에는 세 종류의 벗이 있다. 너를 사랑하는 벗,

너를 잊어버리는 벗, 너를 미워하는 벗이 그것이다.

장 파울

사람은 남을 칭찬함으로써 자기가 낮아지는 것이 아니다.

오히려 상대방과 같은 위치에 자기를 올려 놓는 것이 된다.

괴테

알랑거리는 잎을 가진 여름 같은 우정이여,
번창할 때는 그늘을 주지만 역경의 가을에는
한 줄기 바람에도 떨어지는구나.
매신저

너와 나의 우정을 쇠사슬에 비유하지 않으련다.
쇠사슬은 비를 맞으면 녹이 슬고,
나무로 후려치면 끊어질 수도 있기 때문이다.
W·펜

친구가 우리에게 베풀어 주기를 바라는 행동을,
우리는 친구에게 베풀어 주어야 한다.
아리스토텔레스

마음이 없는 승낙보다는
우정이 있는 거절이 더 낫다.
독일 격언

오래 찾아야 하고, 잘 발견이 안되며,

유지하기도 어려운 것이 친구이다.

성 제롬

중용의 덕을 갖춘 사람을 사귈 수

없을 때는 적어도 열성(熱誠)있는 사람이나

결벽 있는 사람과 사귀라. 열성 있는 사람은

진취적(進取的)이고, 결벽 있는 사람은 마구

타협하지 않기 때문이다.

공자

친구여!

사나운 날씨가 되어도, 진눈깨비가 와도,

눈이 와도, 바람이 어떻게 불든,

우리는 서로 의지하며 견딜 것이다.

S·다하

우정에 기초를 두고,

그 여자를 사랑해야 한다.

헤밍웨이

같은 직업을 가진 사람이 참다운 친구가 되는 일은,

다른 직업을 가진 사람이 참다운 친구가 되는 것보다

훨씬 어렵다.

미키키요시

사람은 좋은 친구가 생기기를 기다리는 것보다
자기 스스로가 다른 사람의 좋은 친구가 되었을 때
진정한 행복을 느낀다.
러셀

동물만큼 기분 좋은 친구는 없다.
동물은 질문도 하지 않거니와 비판도 하지 않는다.
엘리어트

나보다 친구를 생각하는 우정, 이러한 우정은
어떠한 난관도 뚫고 나간다.
무어

우정과 애정 사이에는 어떤 차이가 있을까!
전자(前者)는 밝은 신전이고, 후자(後者)는
영원한 베일에 싸인 신비이다.
하르트만

무지한 친구처럼 위험한 것은 없다.
현명한 적이 훨씬 낫다.
라 폰티느

나는 세상에서 두 가지 보물을 지니고 있었다.
하나는 나의 친구이고, 다른 하나는 나의 영혼이다.
로망 롤랑

친구라는 거짓 뚜껍을 쓴 사나이와 인연을
끊는 것은 자신에게 이득이 될 뿐 아니라,
하나의 성장을 가져온다.
보나르

사람은 누구나 친구의 품 안에서
휴식처를 구하고 있다. 그곳에서라면
우리들의 가슴을 열고 마음껏 슬픔을
터 놓을 수 있기 때문이다.
괴테

황금으로 산 우정은 돈으로 좌우되는 것으로, 한결같은 참다운 우정이 아니다. 액운이 닥쳤을 때 이 우정은 어떠한 도움도 주지 못한다. 마키아벨리

참된 우정은 그것을 맛보고 있는 사람들로 하여금 자기생활을 뛰어넘어서 자기 생활을 아래로 내려다 볼 수 있는 곳으로 인도 한다. 참된 친구와 함께 이야기를 할 때 조금도 싫증을 느끼지 않는 것은 이 때문이다. 서로 대화를 하게 되면 사소한 대화라도 그 대화는 현인(賢人)들의 길을 돌아보기 마련이다. 보나트

친구의 고난을 동정하는 것은 누구나 할 수 있다.

그러나 친구의 성공을 함께 기뻐하는 것은 아무나

할 수 없는 것으로 대단히 훌륭한 인격이 필요하다.

와일드

잘 살 때에는 친구가 많은 법이다.

어려울 때 곁에 있는 친구가 참 친구니라.

법구경

남녀 간의 우정은 때때로 사랑으로 결실을 맺지만

남녀 간의 사랑이 우정으로 끝나는 일은 결코 없다.

콜튼

격정의 노예가 아닌 사나이를 친구로 얻을 수 있다면,

너와 함께 마음속 깊이 소중하게 감춰두리라.

셰익스피어

벗은 내 기쁨을 배(倍)로 만들고
슬픔을 반으로 줄인다.
키케로

우정은, 우리가 우정의 성질에 매력을 느끼고,
다른 사람과 구별하여 단호히 선택한
그 절대적인 선택 속에 성립된다.
보나르

친구를 찾는 사람은 불행하다. 왜냐하면
충실한 친구는 다만 그 자신뿐이므로 친구를 찾는
사람은 자기 자신에게 충실한 친구가 될 수 없다.
헨리 도로우

지금까지 적을 만들어 본 적이 없는
사람은 결코 친구를 갖지 못한다.
테니슨

그가 무엇을 하는 사람인가 묻지 마라.
그가 어떤 사람인가를 알아보라.
최진용(崔晋榕)

옳은 일을 권하는 것은 친구의 도리이다.
맹자(孟子)

아낌없이 주라. 이것이 벗을 얻는
가장 가까운 길이다.
키케로

진정한 우의(友誼)는 영원불변이다.
피타고라스

벗을 얻는 가장 확실한 방법은
나 스스로가 남의 벗이 되는데 있다.
에머슨

나는 친구를 사귀지 않는다.
다만 인간을 벗 삼을 뿐이다.
최진용(崔晋榕)

오만한 가슴에는 우정이 싹트지 않는다.
셰익스피어

자기 부모를 섬길 줄 모르는 자와는 친구로 삼지 말라.
왜냐하면 그는 인간의 기본을 벗어났기 때문이다.
소크라테스

지나치게 호의를 베푸는 자를 경계하라.

또한 모든 일에 냉담한 자를 경계하라.

프랑스 속담

part 8

만남과 이별에 대하여

연애에서 가질 수 있는 최대의 행복은

사랑하는 여자의 손을 처음으로 잡아보는 것이다.

스탕달

연애를 하고 있는 사람은 모두

이중의 고독 속에서 산다.

노아이오

오늘 저는 다만 울고 싶을 뿐입니다.

저의 마음은 너무나도 감수성이 예민합니다.

글자를 쓸 수 없습니다.

모짜르트

우리는 다시 만나기 위해서 헤어질 뿐이다.
J. 게이

모든 연애의 이면에는 모성애가 있다.
……진정한 여자다운 여자들이 남자를
사랑하는 것은 남자의 약함을 알고 있기 때문이다.
모로아

이별의 순간까지 사랑은
그 깊이를 알지 못한다.
K. 주브란

모든 사람의 이별에는 일련의
해방감과 고통이 있다.
테이 루이스

연애에 정신이 팔린 인간은 쾌락과
거래를 해서 불행을 손에 안는다.
디오게네스

연애를 처음으로 해 보는 사람은 비록 그것이 끝을 맺지 못하더라도 신이다. 그러나 다시 두 번 연애를 하는 사람이 연애에 끝을 맺지 못하면 바보이다. 하이네 죽는 것은 잠시 떠나는 것이다.
우리가 사랑하는 것에 대해 잠시 떠나는 것이다.
우리는 우리가 있었던 곳에는
어디에나 우리 자신의 일부를 남겨 둔다.
E. 아로쿠르

연애에 있어서의 대담한 행위는
실행해야 할 것이지, 입으로 말할 것은 아니다.
모로아

연애는 남자에게 있어서는 하나의
에피소드에 불과하지만,
여자에게 있어서는 하나의 역사이다.
M. 스탈 부인

인간, 인간이라는 것은
연민 없이는 전혀 살아가지 못한다.
도스토예프스키

연애와 전쟁에 있어서는
모든 전술이 허용된다.
후레차

겨울 태양과 식도락가의

애정은 늦게 끓고 빨리 식는다.

몽고 격언

연애할 운명에 놓인 사람은

누구든지 한 눈에 사랑에 빠지게 된다.

셰익스피어

연애를 해 본 적이 없는 여자는 있을 수 있어도,

한 번 밖에 연애를 한 적이 없다는 여자는 없다.

라 로슈프코

새로운 애인이 더 마음에 들 때는 이전의

애인은 보잘 것 없이 보인다.

스펜서

연애의 과정에서는 연애의 장애물이

더 열렬한 연정의 동기가 된다.

셰익스피어

여성에게 있어서의 연애는 언제나

영혼에서 감각으로 이동하며,

남성에게 있어서의 연애는

언제나 감각에서 영혼으로 이동한다.

엘렌 · 케이

연애란 남녀가 자신들의 생애를 통하여
가장 이성을 잃고 있는 상태를 말한다.
이러한 상태에 있을 때,
인생에서 가장 중요한 대사(大事)인
결혼의 출발점에 서는 것은 어리석은 일이다.
구울드

감탄과 연민은
가장 확실한 애정의 재료이다.
모로아

연애는 영혼의 눈을 뜨게 하는 데 신비로운
힘을 가지고 있다. 연애는 성욕과 아름다움과
사랑이 하나로 불타는 신비로운 힘을 지니고 있다.
연애는 죽음의 공포를 이길 수도 있다.
무샤고지 미도꾸

연애는 모든 남녀에게 폭군이기도 하다.
왜냐하면 일시적인 쾌락의 보수로서,
심각한 번민와 고민을 주기 때문이다.
법구경

소년의 처음, 깊은 연애 감정은 때때로 성년 부인에게, 소녀의 연애 감정은 연장의 권위를 지닌 남성에게 돌려진다. 즉 그들의 부모의 모습을 생각나게 하는 사람들에게 돌려진다. 프로이트

연애를 정의하기란 쉽지 않다.
연애란, 영혼에 있어서는 지배의 감정이며,
정신에 있어서는 동정이고, 육체에 있어서는
많은 비밀을 거듭한 후 사랑의 상대를 소유하려는
은밀하고 미묘한 욕망이다.
라 로슈프코

성애의 본능 없이는 어떠한 연애도 존재하지
않는다. 마치 범선이 바람을 이용하는 것처럼
연애는 성애의 욕망을 이용한다.
오르테가 이 가세

연애란 인생에서 맛볼 수 있는 최대의 기쁨이고,
인간에게 주어진 광기 어린 작업이다.
스탕달

애인들끼리는 항상 사이가 좋다고 말하지만,
이것은 상대를 너무나 잘 알고 있기 때문에
무슨 말을 꺼낼까 걱정한
나머지 서로 경계하고 있는 것이다.
보나르

연애란 사랑을 그리는 것이다. 언제나 연애는 부자유에 의한 신비성에서 생겨난다. 따라서 양성간(兩性間)의 신비성(성욕·인격)이 소실(消失)될 때는 연애라는 꽃도 지고 만다. 법구경

연애는 성욕과 달리 유일한 상대를
요구한다. 성욕만이라면 연애는 필요하지 않다.
성욕은 결코 상대를 존경하지 않는다.
무샤고지 미도꾸

연애의 탄생은 모든 탄생들과 마찬가지로
'자연'의 작품이다. 사랑의 기술이 개입되는
것은 탄생 후의 일이다.
모로아

남자는 여자를 사랑하는 것 만큼,

이면에는 증오의 마음도 있다.

라 로슈프코

연애, 이것이야말로 생명의 꽃이다.

로댕

연애를 하고 있는 여자에게 있어서

남자는 하나의 목적이지만,

연애를 하고 있는 남자에게 있어서

여자는 단순한 수단에 불과하다.

G. 티봉

연애를 하고 있는 사람의

맥박은 얼굴 위에 뛰고 있다.

L. 베가

어떤 사랑은 너무나 열렬해져서 질투의

감정 따위는 개입할 여지가 없는 사랑도 있다.

라 로슈프코

연애란 남자가 단 한 사람의

여자에 만족하기 위하여 치르는 노력이다.

P. 제랄디

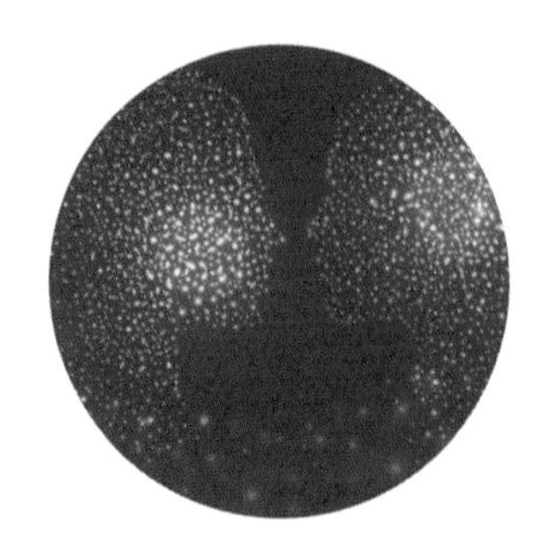

연애는 결혼보다 즐겁다.

마치 소설이 역사책보다 더 재미있는 것과 같다.

카알라일

연애를 빨리 성취시키려면 펜으로

글을 쓸 것이 아니라, 입으로 말하라.

라크로

연애는 숙고할 시간도 없이 갑자기 시작된다.

기질에 따라서, 또는 운명적으로 진행된다.

라·브뤼에르

현명한 여성은 미칠 듯이

열렬한 사랑을 하는 일은 있어도,

어리석은 사랑을 하는 일은 없다.

라 로슈프코

연애는 할 일 없는
사람들의 할 일인 것이다.
몽테스키외

연애란 두 사람이 한 몸이 된다는 것이며,
한 남자와 한 여자가 하나의 천사가 되어
융합되는 것이다. 이것이 바로 천국인 것이다.
위고

인간은 연애를 말하는 것에
의하여 연애를 하게 된다.
파스칼

연애란 아름다운 소녀를 만나는 것,
그리고 그 소녀가 생선 같이 보이는 것을
깨닫기까지의 기간을 말하며,
또한 연애란 감미로운 휴식 시간이다.
파리모어

연애가 귀찮은 것은 그것이
공범자 없이는 해낼 수 없다는 데 있다.
보들레르

로맨스는 부유한 자(者)의 특권이지
결코 가난한 자(者)의 특권은 아니다.
와일드

주려고만 하고 받지 않으려 했다.
이 무슨 잘못되고 과장되고 오만한
성급한 연애였단 말인가! 다만 상대에게
주는 것만으론 안된다. 또한 상대에게
받지 않으려고 하면 안된다.
고호

인류의 경험에서는 연애라는 것을 복잡한 기분으로 바라보아 왔다. 인류는 연애에 대해 의심이 많아졌다. 인류는 연애를 찬양하면서 동시에 연애를 저주했었다. 연애가 주는 행복은 인간이 받을 수 있는 최대의 것일지는 모르지만, 대부분은 불행하다. 사랑이 엮는 이야기는 대체로 슬픈 결말을 고하는 것이다. 사랑의 힘을 증오하고 사랑의 무거운 부담으로부터 해방되고 싶다고 기도한 자는 많았다. 그들은 자신을 속박하는 사슬을 껴안고 동시에 연애가 사슬이라는 것을 알자 증오한 것이다. 모음

시간은 연애를 싫증나게 하고,
익숙해진 사랑은 사라져 버린다.
바이런

연애는 홍역과 같은 것으로, 너무 늦게

오면 처치하기가 곤란하다.

제롤드

가을이 왔다. 나뭇잎은 흩어지고

당신의 얼굴은 창백하다. 지금은 헤어질 때이다.

예이츠

우리는 결합하기까지 접근했으나, 그 후에는 억제하기 어려운 기세로, 따로 따로 헤어지고 말았다. 그것은 어떻게 할 수 없는 것이었다. 나는 그 사람의 불행이 되고, 그 사람은 나의 불행이 되었다. 톨스토이

남자는 그 여자를 자기 것으로

만들 수 없는 동안만 그 여자에게 열광 한다.

키에르케고르

연애란 여자가 남자를 쫓아다니는 것에 불과하다. 여자는 잠자코 있기 때문에 남자를 기다리고 있는 것처럼 보이지만, 사실은 거미가 무심한 파리를 제 그물로 유인하는 방식과 같다. G·B·쇼오

한번의 시선, 한 번의 악수,

맥 빠진 듯한 회답으로도,

결국 활기를 띄는 것이 남녀의 연애이다.

모로아

연애는 발광상태는 아니지만,

둘은 공통점이 많다.

카알라인

연민(憐憫), 이것은 모든

도덕율(道德律)의 기준이다.

쇼펜하우어

사랑하는 사람이 곁에 있으면 다른 사람의

존재 따위는 전혀 문제되지 않는 수가 있다.

이것이 바로 연애라는 것이다.

쿠프린

그때 당신은 어디에 있었던가. 어떠한 사람들 속에 있었던가, 무슨 말을 하고 있었던가. 내가 슬픔을 안고 멀리 있는 당신을 그리워할 때, 연민의 마음이 둑을 무너뜨리고 밀려오는 것은 무슨 까닭일까? 낯익은 옛길처럼 맞아주는 여인이여, 당신 속에는 메아리와 향수에 넘친 목소리가 깃들인다. 내가 눈을 뜨면 당신의 영혼 속에 잠들었던 작은 새들이 이따금 나래치며 달아나 사라진다. 네루다

일부의 남성은 일을, 다른 일부의 남성은 향락을 택한다.

그러나 모든 남성의 마음에는 여성이 있다.

알렉산더 포우프

연애는 치료할 수 없는 병이다.
드라이든

연애는 악마이고, 불이고, 천국이고, 지옥이다.
쾌락과 고통, 슬픔과, 회한이 거기에 있다.
반필드

연애는 문명의 기적이지만, 야만스럽거나 극히
미개한 민족에 있어서는 육체적인 연애나
가장 추잡한 욕정 밖에 찾아볼 수가 없다.
스탕달

오직 한 사람에의 사랑은 하나의 야만인 것이다. 왜냐하면 이것은 자신의 모든 희생에 의해서 행하여지기 때문이다. 신에 대한 사랑도 이와 마찬가지이다. 니이체

연민(憐憫)이란 여성에게
바칠 수 있는 치명적인 감정이다.
바움

연애는 쉽게는 손에 넣을 수 없는
행복의 미래이다.
스탕달

누구에게나 연애는 자기를 속이는 데서
시작되고, 남을 속이는 데서 끝나는 것이 보통이다.
이것이 세상에서 말하는 로맨스이다.
와일드

연애의 힘은, 실제로 연애를
경험하지 않으면 알지 못한다.
프레보

인간답게 행복해지기 위해서 사랑은 고결한 두 사람을 가까이 있게 만든다. 그리고 신의 기쁨을 부여하기 위해서 사랑은 귀중한 삼인조(자식)를 만든다. 괴테

연애는 복종, 질투, 두려움과는
공존하지 않는다. 사랑하는 상대를 마음껏
믿는 평등감 속에서 격의 없이 살아갈 때
연애는 순수하고 완전한 것이 된다.
셸리

연애를 하고 있는 동안
현명해지는 것은 거의 불가능하다.
시루스

연애는 전쟁과 같은 것이다. 시작하기는
쉬워도 그만 두기는 무척 어렵다.
멘겐

연애란 우리 영혼의 가장 순수한
부분이 미지로 향하는 성스러운 여정이다.
졸주상드

연애는 현재만이 아닌 미래에의 기대이다. 다시 말하면 단순히 한 가지의 새로운 실재, 곧 아이를 낳기 위해서 결합하기를 바라는 것이 아니고, 두 사람이 서로를 통하여 보다 더 위대하고 새로운 감명의 미래를 창조하기 위하여 결합하기를 바라는 믿음이다.
엘렌 케이

연애는 많이 하든, 적게 하든

인간을 현명하게 만든다.

브라우닝

연애를 양심적으로 할 수 있는 사람,

양심을 가지고 연애 하는 사람은,

가장 행복한 사람일 것이다.

법구경

연애처럼 인간들 사이에 개재하는

불평등한 관계를 파괴하는 것은 없다.

희롱 삼아 연애를 하지 말라.

뮈세

학식 있는 많은 사람이 여러 가지 기계나 약품을 고안해 냈지만, 연애에서 여성이 원인이 되어 일어나는 질병의 약을 만든 학자는 없다.

체홉

연애란 우주를 단 하나의 사람으로 줄이고,

그 사람을 신에 이르기까지 확대 하는 것이다.

위고

연애는 무엇인가?

진실을 외면해서 깨지는 것이 연애이다.

마치 우정이 거짓에 의하여 깨지는 것처럼.

보나르

일반적으로 만나고, 알고, 사랑하고,

헤어지는 것이

인간의 슬픈 이야기이다.

코울리지

산과 산은 절대로 다시 만나는 일이 없지만,

사람과 사람은 다시 만난다.

미국 속담

연애에 있어서는 사랑하는 척하는 사람이

정말로 사랑하고 있는 사람보다 성공하는 확률이 훨씬 높다.

왕구로

내게 있어서 연애는 '최대의 사업이었다'라기

보다는 '유일한 사업이었다'라고 말할 수 있다.

스탕탈

세상의 연인들을 보라. 겨우 고백이

시작되자 벌써, 서로를 속이고 있다.

릴케

연애의 감정을 느끼기 위해서 가장 확실한 것은,

극치의 연애 감정을 맛보는 것이다.

라 토슈프코

연애를 하고 있는 사람은 몽유병자와

비슷하다. 그들은 다만 눈만으로가 아니라

몸 전체로도 본다.

도루비리

연애를 알게 될 때까지 남자도 아직 남자가 아니고, 여자도 아직 여자가 아니다. 따라서 연애는 남녀 다같이 성숙하기 위해서 남녀 모두에게 필요한 것이다. 스마일즈

진실로 사랑하는 사람들에게는 상대가
그들의 사랑을 받아주면 고마움을 느낀다.
이것은 그들의 사랑의 힘이 넘쳐흘러 그들의 사랑의
힘을 받아줄 누군가가 필요했기 때문이다.
브하그완

연애의 참된 가치는 그 사람에게
평소의 생활력을 증대시켜 주는 데 있다.
D·발레리

연애는 매우 독특한 성질을 가지고 있다.
사랑을 감출 수도 없거니와 없는
사랑을 있는 것처럼 꾸밀 수도 없다.
사브레 부인

서로 사랑하는 연인들에게
우수(憂愁)는 필연이다.
프레보

참된 연애는 참된 품성(品性) 위에서 이루어진다.
괴테

연애의 주식(株式) 시장에는
안정주(安定株)란 것은 없다.
A·F·프레브

연민! 비참(悲慘)의 형제.

B·쇼우

한 여자를 사랑할 때는 마치
여신(女神)을 모시는 것과 같이 사랑하라.

브하그완

연애를 하고 있는 사람은
배가 고파도 식욕을 느끼지 못한다.

부라우도우스

저 여자들은 내 기분만을 가졌지만,
당신은 내 마음을 가졌다.

프라이어

연애와 우정은 인생의 행복을 낳는다.
마치 두 개의 입술이 영혼을 기쁘게 하는
입맞춤을 낳는 것과 같이.

헷베르

part 9

진실(眞實)에 대하여

나는 진실을 사랑하고 있다.

톨스토이

확실하다는 생각이 결코

진실을 말하는 것은 아니다.

까뮈

인간은 진실에 대해서는 얼음 같이 차지만,

거짓에 대해서는 불처럼 뜨거워진다.

라퐁테느

인간은, 여자들이 미워하는

진실을 사랑한다.

에섹스

진실을 거칠게 다룬다고 두려워 할

필요는 없다. 결코 진실은 허약하지 않다.

O·W·호움즈

그 몸을 닦고자 하는 사람은 먼저 그 마음을

바르게 해야 한다. 그 마음을 바르게 하고자 하는

사람은 먼저 그 뜻을 진실하게 해야 한다.

관자

정직만큼 풍부한 재산은 없다.

셰익스피어

진실은 그 위에 칠해져서는

안되는 보석과 같다.

G·산타야나

진실과 자유는, 언제나

정직한 사람의 주무기가 될 것이다.

스탈 부인

진실은 언제나 우리의 가장 가까운 곳에 있다. 다만 사람들이 그것에 주의하지 않았을 뿐이다. 항상 진실을 찾아야 한다. 진실은 우리를 늘 기다리고 있다. 파스칼

인생의 참된 의미는 거짓을 미워하며
진실을 사랑하는 데에 있다.
R·브라우닝

진실은 감쪽같이 변장한
거짓에 불과하다.
파퀴

거짓에 진실이 있고,
진실에 거짓이 있다.
R·브라우닝

진실은 굽힐 수 없는 엄중한 것이다.
르 사즈

진실도 때로는 우리를 다치게
할 때가 있다. 하지만 이것은 머지 않아
치료를 받을 수 있는 가벼운 상처이다.
지이드

사랑보다, 돈보다, 명성보다 나에겐 진실을 달라.
도로우

마음으로 확신할 수 있는 많은 진실이란 없다.
까뮈

진실은 아름답다. 비극만 없다면,
거짓도 마찬가지다.
에머슨

진실이 남아 있는 한
거짓의 가면은 찢겨 벗어진다.
루크레티우스

바보들에게 진실은 쓰고, 비위에 거슬리지만
거짓은 달콤하고 유쾌하다.
성 크리소스톰

이 흔들리는 균형 위에서 머물러야만 할 것이다. 이 순간이야말로 여성이 도덕을 거부하고, 기대와 결여에서 행복이 있고, 정신이 육체 속에서 스스로의 여유를 발견하는 미묘한 순간이다. 일체의 진실이 스스로의 괴로움을 지니고 있다는 것이 진정이라면 마찬가지로 일체의 부정이 긍정의 개화를 포함하고 있다는 것도 역시 진실이다. 까뮈

밤이 깊고 사람은 잠들어 고요할 때 홀로 앉아
마음을 살펴보면, 비로소 망령된 생각이 없어지고
진실된 마음이 나타남을 깨닫게 되나니,
언제나 이런 중에서 큰 진리를 얻을 수 있다.
이미 진실된 마음이 나타났는데도 불구하고 망령된
생각에서 벗어남에 어려움을 느낀다면 또한
이런 중에서 큰 부끄러움을 얻게 된다.
채근담

내가 무엇보다도 해야 할 일은
나 자신에게 진실해야 한다는 것이다.
어찌 자신에게 진실하지 못하면서
남이 나에게 진실하기를 바라는가?
만약 그대가 스스로에게 진실 하다면,
밤이 낮을 따르듯 어떠한 사람도 그대에게
거짓말을 하지 않게 되리라!
셰익스피어

위대하고 진실한 일은
언제나 소박하며 근엄하다.
톨스토이

진실은 진실 자체의 특별한 시간이 없다.
진실의 시간은 언제나 '지금'이다.
슈바이처

자신이 거짓말 하도록 한번 허락하는 사람은 두 번,
세 번 거짓말하기는 더욱 쉽다는 것을 알게 되며,
마침내는 이것이 습관이 되어 버린다.
이처럼 천하고 가련하고 경멸스러운 악덕은 없다.
T·제퍼슨

진실은 깊은 바다이다.
그리고 진실은 바닥을 찾아낼
수 없을 만큼 깊은 바다에 있다.
파쿼

진실은 미움을 생기게 하고, 미덕은 시기를
생기게 하고, 친숙함은 경멸을 생기게 한다.
법구경

진실을 말해서 악마를 모욕하라.
래티머

마음이 참되면, 말은 별로 필요없다.
칠즈

진실을 말하는 데 있어 겸손한 것은 위선이다.
주브란

진실 없는 삶이란 있을 수가 없다.
진실이란 삶 그 자체인 것이다.
카프카

그대는 무엇을 꾸미고자 하는가! 우리는 무엇보다도 먼저 저 거짓의 탈을 벗어 던져야만 한다. 이렇게 거짓의 탈을 벗어 던지면 진실은 저절로 나타나게 되어 있다. 여름이 되어 봄에 입었던 의복을 하나 하나 벗어 던지듯이 그대의 거짓의 탈을 벗어 던지라. 진실이 있는 곳에서는 장식이 필요 없다. G·마르셀

진실은 불멸이고 거짓은 필멸이다.
에더 부인

거짓으로 꾸미지 말고, 남을 의식하지 말라. 행복하다고 생각되는 것보다는 실상의 행복에 관심을 가져라. 아름답다고 생각되는 것 보다는 아름다움 그 자체에 관심을 가져라. 사념(思念)은 결코 그대의 갈증을 풀어주지 못하며 그대의 배고픔을 해소시켜 주지 못한다. 다른 사람들이 그대가 행복하게 산다고 생각하든, 행복하지 않게 산다고 생각하든 그런 것은 문제가 될 수 없다. 그대는 결코 자신을 속이지는 못한다. 배고픔 속에서 그대에게 당장 필요한 것은 음식인데 그림의 떡

이 어떻게 그대의 배고픔을 해소시켜 줄 수 있겠는가? 그대 자신을 찾으라. 거짓의 늪에서 벗어나라. 브하그완

진실을 사랑한다는 것은 어두운 거짓에
지는 것을 결코 수긍하지 않는 것이다.
지이드

진실의 최대의 벗은 '시간'이고, 최대의 적은
'편견'이며, 구원의 동지는 '겸손'이다.
O·W·호옴즈

진실은 절대적인 선(善)이며, 진실을
말하는 사람을 다치게 하지 않는다.
R·브라우닝

때때로 가장 잔혹한 거짓말은
침묵 중에 말하여진다.
스티븐슨

그대가 순진하고 맑고 결백한 진실한 마음을 지녔다면 열 개의 진주 목걸이보다도 더 그대의 행복을 위한 빛이 될 것이다. 비록 그대가 지금 불행한 환경에 놓여 있다 할지라도 그대 마음이 진실하다면 아직 힘찬 행복을 간직하고 있는 것이다. 왜냐하면 진실한 마음에서만 인생은 불행한 환경을 극복할 힘찬 지혜가 우러나올 수 있기 때문이다. 아무리 그대가 지위 있고 지식이 많다 해도 인간의 진실을 잃는다면 그 지위도 지식도 그대를 떠날 것이다. 페스탈로찌

진실을 말하기는 참으로 어려운 일이다.
청년에 있어서는 더욱 그러하다.
톨스토이

그대가 진실을 가두고, 땅에 매장한다 해도
진실은 싹을 틔우고…… 모든 것을 뚫고 나올
폭발적인 힘을 발휘할 것이다.
G. 졸라

거짓말쟁이의 목표는 단순히
사람의 주목을 끌고, 기쁘게 하고,
즐거움을 주는 것이다.
와일드

진실은 눈을 통해서 그대의 마음에 전달된다. 눈을 똑바로 쳐다보라, 그대의 가슴을 활짝 열어 젖히고 진실을 받아 들여라. 항상 현실과 함께 있어라. 그리고 대중 속에 있어라. 그때 그대의 마음에 이해의 문이 열린다. 그때 진실이 그대의 삶으로 통하는 것이 보인다. 끊임없이 진실을 추구하라. 무관심하고 방관자가 되는 것은 거짓에 지나지 않는다. 현실에서 깨어 눈을 떠라. 그리고 힘차게 진실을 향해 달려가라. 브하그완

다른 사람을 속일 줄 모르는, 속이지 않는 정직한 사람이, 의외로 자기 자신을 잘 속이는 사람이 있다. 그러므로 남에게 하는 비난이 자신에게 더 적합한 것임을 우리는 흔히 볼 수 있다. 법구경

사람은 혼자 있을 때 정직하다.
혼자 있을 때 자기를 속이지는 못한다.
그러나 다른 사람과 있을 때는 남을 속이려고 한다.
그러나 좀 더 깊이 생각해보면, 그것은
남을 속이는 것이 아니라 자기 자신을
속이고 있다는 것을 알게 될 것이다.
에머슨

아름다움은 진실이고,

진실은 곧 아름다움이다.

러스킨

오늘날 우리에게 진실이란,

존재한다는 것을 말함이 아니라

타인을 수긍시키는 것을 말한다.

몽테뉴

진실을 향해 인간은 한 걸음 물러서고, 두 걸음 나아간다. 고뇌와 과실과 생에 대한 권태가 인간을 뒤로 던져 버리지만, 진실에의 열망과 불굴의 의지는 인간을 앞으로 몰아세운다. 체호프

이 세상에서 위대한 진실은 신성한 것을

모독하는 데서부터 시작된다.

G, B·이니잔

가슴 아픈 진실도 그것이 진실인 이상

인정할 가치가 있다.

B. 러셀

진실한 사람의 가슴은 언제나 평온하다.

셰익스피어

침묵이 요구되는 진실은 독이 된다.

니이체

진실은 우리들 삶에 가장 가치 있는 것이다.

그것을 경제적으로 사용하자.

마크트윈

누구나 그렇게 말하고, 또 누구나

말하는 것은 진실임에 틀림없다.

쿠퍼

진정한 영광은 뿌리를 깊이 박고

가지를 널리 펼친다. 하지만 모든 허위는

덧없는 꽃과 같이 이내 땅에 떨어지니

거짓이란 영위될 수 없도다.

키케로

바보일수록 큰 거짓말을 한다.

블레이크

진실은 진실 자체의 특별한 시간을 갖지 않는다.

언제나 진실의 시간(진실을 말해야 하는 시간)은 지금이다.

슈바이처

시간은 매우 귀중하다. 그러나 진실은
시간보다 훨씬 더 귀중하다.

디즈레일리

진실한 것을 실체로서 뿐만 아니라
주체로서도 파악하고 표현하는 것,
여기에 모든 것이 달려 있다.

헤세

모든 사람은 자기가 간직하고 있는
진실을 말할 수 있는 권리가 있다.

고리키

인간은 이성(理性)에 의해서도
진실을 알지만, 마음에 의해서도 진실을 안다.

파스칼

줄기만 자라고 꽃은 피지 않는 경우가 있다. 또한 꽃은 피지만 열매는 맺지 않는 경우도 있다. 진실이란 것을 알고 있는 사람은, 진실을 사랑하고 있다고 말해도 좋다. 그러나 진실을 사랑한다고 해서 진실을 행하고 있다고는 말할 수 없다. 공자(孔子)

종교에서는 신성한 것만이 진실이고,
철학에서는 진실한 것만이 신성한 것이다.
포이에르 바하

참된 진실이란 진실답지가 않다.
진실을 보다 진실답게 보이게 하기 위해서는
거짓을 덧붙여서 말해야만 한다.
사람은 언제나 그렇게 해 왔던 것이다.
도스토예프스키

거짓말은 인간에게 의약(醫藥)으로서만
사용되어야 한다. 이러한 의약적 사용은
오직 의사에게 국한되어야 한다.
플라톤

진실이 없는 인생이란 있을 수 없다.
진실이란 어쩌면 인생 그 자체일 것이다.
포비히스레벤

선(善)이 들어 있지 않은 진실은 겨울과 같은 것이다. 겨울은 모든 땅이 꽁꽁 얼고 아무 것도 자라나지 못한다. 그러나 선(善)에서 생긴 진실은, 봄의 꽃이나 여름의 시원한 바람과 같은 것이다. 여기서는 꽃이 피고 천지만물이 생장(生長)한다. 스웨덴보그

인간에게 진실은 최상의 것이다.
최상의 것은 바로 진실이다.
결코 인간은 진실 때문에 하늘로부터
버림 받는 일은 없다.
M·우파니샤드

진실은 죽어가는 사람의
입술 위에 앉는다.
아놀드

이상하다. 그러나 진실하다.
진실은 항상 이상하기 때문이다.
소설보다도 더 이상하다.
히어버어트

사람의 진심에서 우러나온 것은

오월에 서리가 내리게 하고,

성을 무너뜨릴 수 있으며, 금석도 뚫을 수 있다.

그러나 거짓된 사람은 형체만 갖추었을 뿐

남을 대하면 얼굴이 가증스럽고

제 그림자를 대해도 스스로 부끄러워진다.

채근담

거짓된 내 모습으로

사랑받느니 보다는, 진실한 내 모습으로

증오받는 편이 기분이 좋다.

지이드

정직을 실천하지 않고 과시하는 것은,

하나의 술책에 불과하다.

하이네

진실한 노동자는 즐거운 얼굴을 지닌다.

T·데커

진실한 사람은 광명도 암흑도

두려워하지 않는다.

T·플러

진실한 마음의 단 하나의
약점은 쉽게 믿는 것이다.
P·시드니경

진실에의 길은
엄숙하고 험난하다.
밀턴

진실의 길을 걸어가는 데
너무 늦다는 법은 없다.
세네카

진실할 수 있는 사람만이
완전한 인간이다.
J·플레처

아름다움은 진실이고,
진실은 아름다움이다.
키이츠

진리의 대해(大海)는 그 모든 것이
미발견인 채 내 앞에 가로누워 있다.
뉴우턴

쉽게 물체를 그릴 수 있게 된다는 것은 결코 쉬운 일이 아니다. 이것은 진실이다. 일을 중도에서 그만 두어 버리면 너무나 쉽게 그 보람을 잃어버린다. 그렇게 되어서는 장래가 캄캄해진다. 고호

진실하다는 것은 마음을 드러낸다는 것이다. 이 세상에 진실한 사람은 별로 없다. 보통, 세상에서 볼 수 있는 진실함은 타인의 신용을 얻으려는 교묘한 거짓에 지나지 않는다. 라 로슈프코

깊고도 무섭게 진실을 말하는 사람이 되어라. 자신이 생각하고 느끼는 것을 표현하는 데 결코 망설이지 말라. 옳지 않은 것을 보았을 때도 마찬가지이다. 그대에게 해가 되지는 않을 것이다. 진실 때문에 외톨이가 된다고 두려워할 것은 없다. 결국은 모든 사람이 그대에게 올 것이다. 진실은 모든 사람에게 공평하기 때문이다. 로댕

진실하라. 예술이 피해를 입을지라도
진실하기 위해 예술가는 괴로와한다.
만약 예술과 진리가 함께 공존할 수 없다면,
예술은 죽으면 된다. 진실, 그것은 생명이다.
진실이 아닌 거짓은 죽음이다.

로망 롤랑

사랑보다도 부귀보다도 우리들에게
필요한 것은 진실이다.

솔론

진실은 인간이 가지고 있는
최상의 것이다.

G·초서

진실을 잃은 사람에게

더 잃을 것이란 없다.

릴리

거짓말로 속이는 것이 악당의 본성이다.

키케로

농담조의 거짓말이 커다란

슬픔을 가져 온다.

H·G·보운

먼저 진실을 잘 안 다음

마음대로 곡해(曲解)하라.

마크 트웨인

진실은 웅변과 미덕의 비결이며, 윤리적 근거의

바탕이고, 예술과 인생의 목적이다.

H·F·아미엘

진실은 한 여성만을 사랑할 줄 아는 남성을 만들고,

근면은 무엇이든지 한 가지 일에 몰두하는 천재를 만든다.

서양 격언

기억력에 자신이 없는 사람은

거짓말을 피해야 할 것이다.

몽테뉴

자신에게 거짓말을 하는 것은,

가장 큰 소리로 거짓말을 하는 것이다.

G·호퍼

정직은 최상의 정책이다.

세르반테스

진실하기에 용맹한 것이다.

용맹은 거짓말을 필요로 하지 않는다.

G. 허버트

진실을 말할 용기가 부족한 사람은

언제나 거짓말을 한다.

밀러

거짓말을 한 뒤에는

훌륭한 기억력이 필요하다.

P·코르네이유

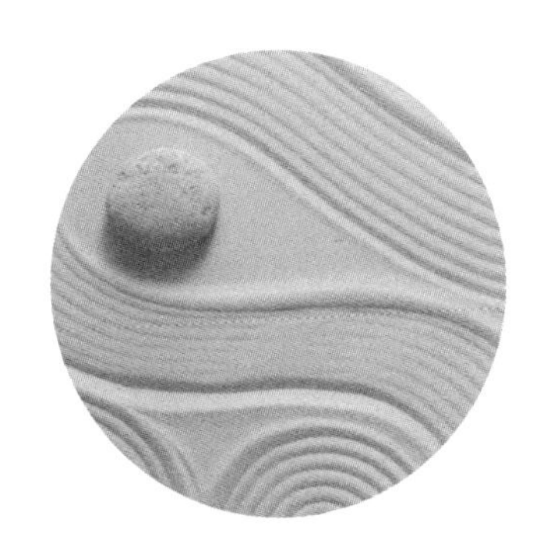

자기가 치과의사가 아닌데도 불구하고
치과의사처럼 말하는 것은 참으로 천박하다.
거짓은 천박한 것이다.
와일드

진실한 사람은
어린이와 닮은 데가 있다.
마르티알리스

악한이 물러가면 정직한 사람은
제 발로 걸어온다.
S·파머

진실한 사람은 모욕적인 결과가 오더라도
진실을 말하며, 잘난 체하는 사람은 모욕을
주기 위해서 말하는 사람이다.
W·헤즐리트

신사에게 거짓말쟁이로
인정되는 것보다 더 큰 치욕은 없다.
시드니

진실한 인간은 신이 창조한
가장 고귀한 작품이다.
포우프

도회지에서 온 사나이가
보리를 잡초로 보건,
잡초를 보리로 보건, 보리는 보리이다.
고흐

등불 아래서의 진실이 반드시
태양 아래서의 진실은 아니다.
쥬베르

어린 아이들과 바보는 진실을 말한다.

J·릴리

누구의 이익에도 누구의 쾌락에도 반하지 않는
진실이 모든 사람의 환영을 받는다.

T·호브즈

반만 진실인 거짓말은,
거짓말 중에서 가장 검은 것이다.
모두 거짓말인 거짓말은 상대하여
싸울 수도 있지만, 반만 진실인 거짓말은
싸우기에 더욱 힘든 것이다.

테니슨 경

얼마간 시치미를 뗄 줄 모르면,
아무일도 전혀 이룰 수 없다.

체스터필드 경

악한 사람은 솔직할 수가 없다.

라 로슈프코

part 10

창조(創造)에 대하여

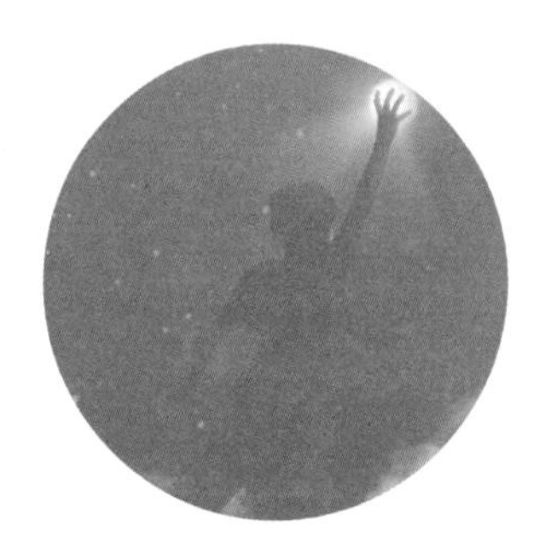

독창성의 장점은 참신함에

있는 것이 아니라, 성실함에 있다.

카알라일

존재하고 있는 모든 것은

독창의 성과다.

J·밀

인생에는 필연적으로, 얻는 것보다는

잃는 것이 더 많다.

B·파스테르나크

인간은 오직 사랑 속에서만, 사랑이란
환상속에서만 창조되는 것이다.
니이체

인생에 있어서 오히려 혐오를 받을 사람은 호인(好人)이나 양민이다. 그들은 우리의 나아가는 발자취를 보다 촉진시키거나 창조할 아무런 힘이 되지 못하기 때문이다. 때론 악인이 보다 많이 창조하고 파괴하기도 한다. 법구경

마을이든 나라이든 이제부터 창조한다……
이제부터다…… 고 할 때는 즐거운 것이다.
대망경세어록

독창성은 어떠한 경우를 막론하고
부정확한 창조여서는 안된다.
유고

때때로 신들은 사람의 지혜로는
감당하기 어려운 것을 창조한다.
대망경세어록

세계의 파멸에 있어서 오직 하나의

방비책이 있을 뿐이다.

이것은 인간의 창조 활동이다.

렉스로스

완성과 창조의 차이점은 정확히 이렇다.

완성되는 것은, 완성된 후에만 사랑받을 수 있지만,

창조되는 것은 완성품이 존재하기 전부터 사랑 받는다.

G·K·체스터튼

존재하는 모든 훌륭한 것은

독창성의 열매다.

J·S·밀

악한 것을 모방하는 사람은 본질을

초과하는 반면, 착한 것을 모방하는

사람은 언제나 본질에 미달한다.

F·구잇차르디니

모방은 가장 성실한 아첨이다.

C·C·콜튼

모방은 자살이다.

에머슨

사람들은 종종 모방을

찬양하고 실체를 경멸한다.

이솝

창의적인 예술가는, 그의 이전

작품에는 만족하지 않으므로 계속해서

다음 작품을 만든다.

D·쇼스타코비치

인간은 창조하는 과정에서,

세상과 자기를 일치시킨다.

G·프롬

인간은 모방적인 동물이다. 이 특성은 인간의 모든 교육의 근원이다. 요람에서 무덤까지 인간은 남이 하는 것을 보고 그대로 하기를 배운다. T·제퍼슨

그림을 그리기 시작하면, 늘 아름다운 것이 발견된다. 이런 것에 대해서는 경계를 해야 한다. 사물을 파괴하고, 몇 번이나 다시 시작할 일이다. F·피카소

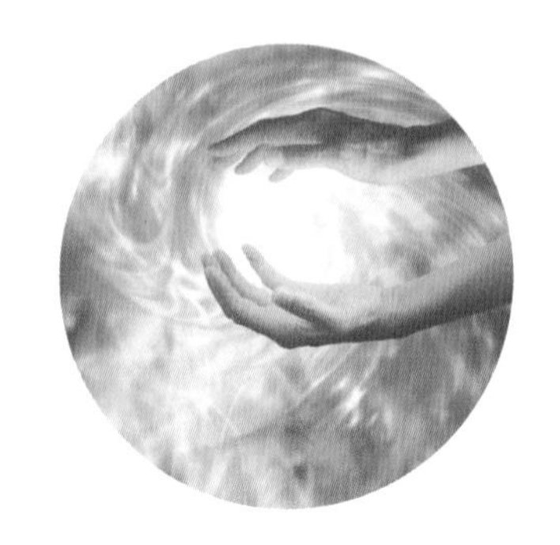

독창적인 표현은 지식에 희열을

환기시켜 주는 최고의 교사 수단이다.

아인슈타인

독창력은 지각 있는

모방 이상의 아무 것도 아니다.

볼테르

이 세상에 존경할 만한 가치가 있는 것이

3가지 존재한다.

이것은 승려와 군인과 시인이다.

다시 말하면 지식과 살인과 창조인 것이다.

보들레르

독창성은 천재의 가장

으뜸가는 증거다.

보브나르그

창조한다는 것은,

두 번 사는 것이다.

까뮈

독창적이라는 것은, 어느 누구나의

눈에도 뜨인 일이 있지만 그것을 새것처럼

보는 것이다. 최초의 발견자는 대개 멍청하고

머리가 잘 돌지 않는 우연이라는

공상가일 뿐이다.

니이체

위대한 인간을 넘어뜨린 사람만이 이로 인한,

최초의 문학의 청신함을 받는 것이다.

니이체

한 마디로 말해서 우리들은

서로를 위해 창조되어 있다.

모짜르트

땅에는 풀이 있다. 우리에게는 그것이 보인다. 달에서 본다면 보이지 않았을 것이다. 그리고 자세히 본다면, 그 풀잎에는 엷은 털이 있다. 털에는 미세한 생물이 붙어살고 있다. 그 이상은 아무것도 존재하지 않는 것일까? 창조주(創造主)는, 그 이상은 창조하지 않은 것일까? 이에 대해 누구는 또 말할 것이다. 화합물(化合物)은 원소(元素)로 분리되고, 원소는 그 자체로서 존재성(存在性)을 가지고 있다고. 그렇다면 창조주는 왜 원소(元素)를 만들었을까? 원소라는 것은 무엇인가? 이것은 참으로 미묘한 것이다. 어느 누가 원소(元素)에 대해 수만 마디의 설명을 한다고 하더라도, 우리는 그것으로써 우주의 신비, 즉 창조주의 뜻을 납득할 수가 있을까? 사람은 자기 눈에 보이지 않는 물건을 존재한다고 말할 필요는 없다. 그러나 우리는 우리 눈에 보이지 않는 무한한 것의 존재에 대해서 생각하지 않을 수가 없다. 파스칼

진정한 창조의 정신은 올바른 신앙으로부터 출발한다.
페스탈로찌

고대(古代)의 천문학(天文學)을 대표하는 프톨레마이오스의 목록에는 별의 수효가 1천 22개라고 하였다. 그러나 망원경이 발명된 후에 우리는 무수히 많은 별이 있다는 것을 발견했다. 성서에도 이미 별은 무수히 많다는 말이 있건만, 고대의 과학자들은 자기 관찰의 한계를 생각치 않고 1천 22개의 숫자를 고집했었다. 이와 같은 단정은 창조적 정신(創造的精神)의 결여에서 비롯된 하나의 교만이며, 더 넓고 깊은 세계의 가능성에 대하여 막을 내려버린 것이었다.
파스칼

진정한 창조(創造)는 신(神)만이 할 수가 있다.
인간이 어떤 새로운 것을 만들어 냈다고 하더라도
그것은 어디까지나 신의 계시에 의한 모방일 뿐이다.
카알라일

신(神)은 쾌락을 위해서 인간을
자신의 모습과 같게 창조하였다.
힐티

part 11

명상(瞑想)에 대하여

이 세상은 꿀같다—우리가 이렇게 생각하기 때문에 제 아무리 불법을 많이 들어도 별 도리가 없고 부처님 말씀 한 마디도 받아들일 수 없다. 이 세상은 꿈이다—이렇게 생각해야만 이 세상을 이해할 수 있다. 청담조사

사람은 생각하는 한 자유롭다.
에머슨

당신이 자신에 대해서 생각하는 것은
다른 사람들이 당신에 대해서 생각하는 것보다
훨씬 중요하다.
세네카

자기 스스로 사물의 이치를 생각하지 아니 하는 자(者)는 다른 사람의 사상에 예속된다. 자기의 사상을 다른 사람에게 예속시키는 일은, 자기의 육체를 남에게 예속시키는 일보다 훨씬 더 굴욕적인 노예 행위이다. 자신의 머리로 생각하라. 그리고 다른 사람이 당신을 가리켜 무엇이라 하건 상관하지 말라. 톨스토이

영혼이 자유로운 사람이란
죽음보다 삶과 인생에 관해서
더 많은 것을 사색하는 사람이다.
스피노자

구체적인 결과라는 것은, 눈에 보이지 않는 어떤 사상이 이전에 존재했기 때문에 생기는 것이다. 모든 결정적인 결과는 사상 속에서 이루어지는 것이다. 아미엘

사색을 함으로써 우리는 그 일에 열중할 수가 있다. 의식적인 노력으로써 우리는 행위와 결과에서 초연할 수 있다. 그리고 모든 일은 선이든 악이든 격류처럼 우리 옆을 지나간다. H·D. 소로우

오랫동안 사색하고 있는 사람이
언제나 최선의 것을 선택한다고는 할 수 없는 것이다.
괴테

정신은 절대 무력으로 정복되지 않으며,
사랑과 관용으로써만 정복된다.
스피노자

새로운〈콘첼〉의 아다지오는 마장조다. 이는 강렬한 효과를 노린 것은 아니다. 오히려 로맨틱하고 조용한, 그리고 약간 우울한 그러면서도 몇 천 가지이든 행복한 회상을 불러일으킬 듯한, 한 점을 조용히 응시하는 듯한 그런 인상을 주려고 한다. 마치 봄밤에 아름다운 달빛을 받으며 명상(瞑想)하는 듯하게…… 쇼팽

사상(思想)은 수염과 같은 것이다.
성장하기 전에는 나오지 않는다.
볼테르

고요함 속에서 생각되는 모든 일은
소화되고 승화되는 법이다.
청담조사

예수의 마음에는 자신을 미래의 인자로서의 속죄를 자기 몸으로 실현하지 않으면 안되겠다는 생각이 떠올랐다. 미래에 구세주로서 많은 사람들의 속죄로써 몸을 낮추어 그들에게 봉사한 것이다. 슈바이처

우리는 세 가지에 의해서 성지(聖地)의 길에 도달할 수 있다. 그 첫째는 사색에 의한 것으로 가장 높은 길이다. 둘째는 모방에 의함이다. 이것은 가장 쉬운 길이다. 그리고 셋째는 경험에 의한 것으로 가장 괴로운 길이다. 공자(孔子)

깊이 생각하라. 그리고 먼저 그대의 사상을
풍부히 하라. 아무리 커다란 건물이라 할지라도
먼저 인간의 두뇌 속에서 그 형체가 만들어 지고,
그런 연후에 그것이 건물이 되어 나타나는 것이다.
현실이란 사상의 그림자에 불과한 것이다.
카알라일

언어는 외적 사상이며,
사상은 내적인 언어이다.
리바롤

아무리 좋은 음식이라 할지라도 소금으로 간을 맞추지 않으면 그 맛을 잃고 만다. 모든 음식은 간을 맞춰야 하듯이 우리의 모든 행동도 간을 맞춰야 한다. 음식을 먹기 전에 먼저 간을 보는 것처럼 행동을 하기 전에 먼저 생각하라. 생각한다는 것은 인생의 소금이 된다. 리튼

청년기에는 직관이 지배하고 노년기에는 사색이 지배한다. 다시 말하면 청년기는 작가로서 알맞은 시기요 노년기는 철학에 적합한 시기이다. 실천하는 데 있어서도 청년기는 직관과 인상에 따라 결심하지만 노년기에는 대부분이 사색한 다음에 결정한다. 쇼펜하우어

사람이 살아갈 궁리만 할 때는,
고상한 생각을 하기란 어렵다.
루소

하나의 생각이 무한한 공간을 채운다.
W·블레이크

명상은 노동이다.
생각하는 것은 행동하는 것이다.
V·위고

신의 왕국이 도래하기 전에 고난이 일어날 터이다. 그러나 그 고난이 오지 않았다. 그러므로 신의 왕국의 도래를 강제하기 위해서는 고난을 불러 오지 않으면 안되었다. 그것은 회개하고 신에 거역하는 권력의 굴복으로는 이루지 못했다. 슈바이처

진실로 위대한 인물은 모두
명상하는 것을 터득하고 있었다.
헤세

비틀거리는 걸음걸이로 나는
사상의 세계를 이끌어 간다.
니이체

한 시간 동안의 명상은, 착한 행위가 없는 일
주일 간의 기도모임보다 귀중하다.
하리슨

첫 번째 생각이 언제나 최선의 것은 아니다.
V·알피에리

우리들이 모두 매일 3분씩 깊이 생각에 잠겨, 별이 빛나는 무한한 우주를 바라보기도 하고, 장례식에 참례했을 때의 쓸데 없는 짓을 지껄이면서 영구 뒤를 따라가지 말고, 삶과 죽음의 수수께끼에 대한 생각을 한다면, 그만큼 현재 사태에 있어서는 얼마나 플러스가 될 것인가! 슈바이처

한 밤의 죽음과 같은 고요는,
사색의 한 낮과 같다.
바보울드

지나치게 숙고하는 사람은
거의 달성 하지 못한다.
쉴러

물결이 이는 해안의 조약돌과 같이
인간도 언어와 사색을 통해서 세련된다.
존·드라우브리지

사색을 하는 동안 인간은 신과 같이 된다.
욕망의 행동은 환경의 노예일 뿐이다.
러셀

사상은 매우 소중한 것으로
사상 속에 모든 것이 포함된다.
도스토예프스키

우리는 혼자 있을 때도 항상 다른 사람이 있는 것처럼 생활하지 않으면 안된다. 우리는 마음의 모든 구석구석이 다른 사람의 눈에 비친다 할지라도 두려울 것이 없도록 깊이 사색(思索)하여야 한다.
세네카

모든 사람들의 마음이 흐려져서 생각에 얽힌 탓으로, 무엇을 생각한다고 해도 올바른 판단이 되지 않는다. 마음이 밝아져서 아무런 조건 없이 하게 되는 생각으로 참되고 완전한 자유를 얻는다. 청담조사

사색 같은 것은 모두 집어 치우고 우리 다같이 곧장 세상으로 뛰어가세. 감히 말하건데, 명상 같은 것을 하는 녀석은 메말라버릴 초원 위에서 악마에 사로잡혀, 빙빙 돌림 받는 동물같은 놈일세. 괴테

하잘 것 없는 철학은 인간의 정신을
무신론으로 이끌어 간다. 그러나 깊이 있는
철학은 인간의 정신을 종교로 끌어올린다.
베이컨

나무는 해가 바뀌어도 같은 열매가 열리지만 그것은 매번 새로운 열매이다. 마찬가지로 사색에 있어서도 모든 항구적인 가치 있는 사상이 언제나 새롭게 나타나지 않으면 안된다. 슈바이처

생각하는 것은 자기 자신과 친근해지는 일이다.
우나무도

다른 사람에 의해 얻어진 진리는 자신의 외면에서 붙어있을 뿐이다. 그것은 인공적(人工的)으로 만든 갈빗대나 의치나 또는 다른 살로 만든 융비술의 코와 같은 것이다. 그러나 자기 스스로 사색함으로써 얻은 진리는, 자신의 참된 갈빗대이다. 오직 이것만이 실제로 자신에게 속하는 것이다. 쇼펜하우어

좋은 기억력은 훌륭한 것이지만,
잊어버리는 능력은 더욱 훌륭하다.
허버트

당신의 사랑을 항상 깨끗하게 하는 데
힘을 써라. 당신이 악한 사상을 가지고
악한 행위를 하려고 해도
뜻대로 되지 않을 것이다.

공자(孔子)

이 몸이 태어나기 전에 어떤 모습이었을까 생각해 보라. 또한 이 몸이 죽은 뒤에 어떤 모습이 될까 생각해 보라. 그러면 모든 근심이 사라지고 본성만이 고요히 남아 상상에서 노닐 수 있으리라. 채근담

나는 항상 일을 하고 있다. 그리고
항상 생각하고 있다. 내가 어떠한 일을 당면했을 때
당황하지 않고 이내 처리하는 것은,
여러 가지 경우에 대해서 미리 생각해 두었기 때문이었다.
다른 사람이 예상조차 할 수 없는 돌발사태에
처했을 때도 이내 해결하는 것은 내가 천재여서가 아니다.
이것은 내가 평소에 명상과 반성의 시간을 가진 결과이다.
얼마나 커다란 우월을 가지고 있는 것인가?

도로우

독서는 우리에게 지식의 재료를 줄 뿐이며,

독서를 내 자신의 것으로

만드는 것은 사색의 힘이다.

로크

세상에서 진실한 사색가란 군주와

식사를 하거나 극장에서 오페라 구경을 할 때에도

사색이 언제나 머리 속에서 움직이고 있는 사람이다.

나폴레옹

조용히 누워서, 느긋하게 기다리고 있는 것,

인내하는 것, 이것이 바로 명상을 하는 것이 아닌가!

니이체

명상이란 모든 감각이 하나의
감수성으로 통일되는 것을 말한다.
브하그완

훌륭하게 생각하는 사람이 반드시
훌륭하게 이루는 것은 아니다.
사기(史記)

모든 인간에게 있어서
끝까지 생각하고 생각한 사색은,
어디에서든 결국 사색의 필연성에
기초를 둔 살아 있는
신비주의에 귀착하는 것이다.
슈바이처

기억은 모든 사물의 보물이며, 수호자이다.
키케로

명상에 의한 감격(感激)은 혼란된 감정에서 일어난 감격에 비하면 높은 산에서 부는 바람이 언덕에서 부는 바람과 다른 것과 같은 그러한 차이가 있다. 브하그완

훌륭한 생각은 의식에 좀처럼

떠오르지 않는다.

고리키

바른 생각이 온전하면 지혜가 있고,

바른 생각이 흩어지면 지혜를 잃나니,

이 둘의 차이를 밝게 알아서

지혜를 따르면 도를 이루는 도다.

법구경

사색에 의해서 생기고 사색을 근거로 하는 것만이

전 인류에게 정신적인 힘이 된다.

슈바이처

우리 인간은 명상하는 것보다 더 많은 행동을 하게 되어있다. 명상한 것이 행동으로 유도하지 않는다면, 명상은 아무런 의미가 없게 된다. 인간의 존엄성은 우리의 손에 달려 있는 것이다. 우리가 해야 할 일은 우리 인간의 존엄성을 지키는 데에 있다. 우리는 행동으로써 인간을 향상시키는 것이다. 쉴러

생각은 쉬지 않고 미래로 전진한다. 생각은 매우 먼 장래까지도 내다본다. 현재에 머무르고 있는 육체보다 훨씬 미래를 내다보는 것이다. 까뮈

나는 계속 살고 있다. 나는 계속 생각하고 있다. 나는 계속 살지 않으면 안된다. 왜냐 하면 나는 계속 생각하지 않으면 안되니까. 원단(元旦)의 날은 누구나가 자기의 원하는 것과 자기의 사랑스러운 생각을 표현해도 좋은 날이다. 또한 나는 오늘 내가 무엇을 원했는가, 어떤 생각이 금년의 맨 처음 날에 나의 마음 위를 달렸던가, 어떤 생각이 앞으로 나의 생활 전체의 밑거름이 되고, 보증이 되고, 감미로움이 될 것인가를 이야기하고 싶다고 생각하는 것이다. 니이체

생각은 전쟁에 나가는 말과 같이 하고,
마음은 항상 다리를 건너는 것과 같이 하라!
명심보감

많은 인간의 기억력이 너무 좋다는
유일한 이유가 사색가(思索家)가 되지
못하게 하는 것이다.
니이체

현대에는 사색을 무시함으로써 성실성에 대한 감수성을, 동시에 진리에 대한 감수성도 잃어버렸다. 그러므로 현대를 구제하는 방법은 또 다시 사색의 길로 현대를 이끌어 가는 것밖에는 없다. 슈바이처

나는 생각한다. 고로 나는 존재한다.
데카르트

사색의 포기는 정신의 파산선고다.
자신의 사색에 의해서 진리를 인식할 수
있다는 확신을 상실했을 때 회의가 시작된다.
슈바이처

가장 유쾌한 인생은 사색하지 않는 데 있다.
소포클레스

명상이란 대체 무엇일까? 육체로부터의 해탈은 무엇인가? 단식은 무엇이며, 호흡이 멈추는 것은 무엇인가? 그것은 자아에서 도피하는 일이다. 그것은 자기 고통으로부터 도피이다. 그것은 삶의 고통과 무의미한 것을 잊으려는 마취에 지나지 않는다. 그리하여 그들은 자기를 잊고, 삶의 고통을 잊어 순간적인 마취에 빠질 수 있는 것이다. 성자들이 오랜 고행에서 육체의 해탈을 익혀 무아의 경지에서 발견할 수 있는 것과 같은 것을 발견하는 것이다. 헤세

어느 누가 '당신은 지금 무슨 생각을 하느냐'고 묻는다면 당신은 얼굴을 붉히지 않고 즉시 대답할 수 있는 생각을 하고 있는가? 법구비유경

나는 즐겁게 세상의 질서가 이끄는 대로 한다.
하늘의 유전(流轉)에 따라 조용히
유전하는 사람들은 얼마나 다행인가?
몽테뉴

사람이 생각을 더 많이 하면
행동을 덜 할 텐데……
헬리팩스 경

그대가 깨어있을 때, 그대에게서 일어나고 있는 모든 것과 그대의 주위에서 일어나고 있는 모든 것에 대해 민감해질 때 따듯함과 부드러움이 그대로부터 흘러나오게 된다. 그대의 삶에 있어서 햇볕은 따듯하고, 바람은 아늑함과 생동감을 실어 나르며 삼라만상은 늘 푸르름 속에 있는 것이다. 브하그완

사색이 그 역할을 수행하지 않게 되었다는 것이
문화 몰락의 결정적인 이유이다.
슈바이처

두 번째 생각이 모든 생각 중에서
가장 나쁠 때가 종종 있다.
W·센스턴

진리(眞理)를 사색(思索) 속에서 찾으라. 곰팡이 핀 책 속에서 찾으려 하지 말라. 달을 보고 싶거든 연못을 보지 말고, 하늘을 보라.
페르시아 격언

활의 스승인 드로나챠리아에게 판다바스와 카우라바스, 그리고 그의 사촌 형제들이 가르침을 받고 있었다. 어느 날이었다. 스승인 드로나챠리아가 표적을 나무 밑에 놓았다. 그리고 그는 그쪽 방향을 가리키면서 그의 모든 제자들에게 지금 무엇이 보이느냐고 물었다. 한 제자가 대답했다.

"저에게는 푸른 나무와 드넓은 하늘과 하늘에 떠 있는 태양이 보입니다."

또 한 제자가 대답했다.

"저에게는 무성한 나무와 그 나뭇가지에 앉아있는 새가 보입니다."

수많은 제자들이 차례로 그들의 생각을 말했다. 이렇게 해서 수제자인 알쥬나의 차례가 되었다. 스승은 물었다.

"그대의 눈에는 무엇이 보이는가?"

알쥬나는 대답했다.

"저는 표적밖에는 아무것도 볼 수 없습니다."

스승은 무릎을 치며 말했다.

"그대는 위대한 활의 명인이 되리라."

마하바라타

집중은 그대의 의식을 제한시킨다. 집중된 마음은 한 가지 이외의 다른 모든 것에 대하여는 무감각해진다. 그러나 종교적인 탐구는 전체에 대한 관찰이다. 그대의 내부에서 또는 그대의 외부에서 일어나고 있는 모든 것으로부터 깨어있는 것이다. 여기에는 선택이 필요없다. 어떠한 선택도 하지않고 전체에 대하여 그저 깨어있는 것이다. 이것이 바로 명상이다. 브하그완

진리는 서로 떠들며 토론(討論)하는데서 얻어지는 것이 아니다. 오직 성찰(省察)과 명상에 의해서만 얻어질 수 있는 것이다. 그대가 어떤 진리 하나를 얻었을 때, 잇달아 또 하나의 진리가 그대 앞에, 감람나무 잎처럼 싹터오를 것이다. 러스킨

명상에서는 무엇하나 잃지 않은 채 깨어있을 수 있다. 그대는 전체에 관심을 가지므로 무엇 하나 빠뜨리지 않게 된다. 집중할 필요도 없다. 그저 깨어 있기만 하면 된다. 꽃이 피면 그대는 그저 보기만 하면 된다. 새가 지저귀면 그대는 그저 듣기만 하면 된다. 햇살이 그대의 몸에 내려 앉으면 그대는 그저 따듯함을 느끼기만 하면 된다. 바람이 그대의 몸을 어루만지면 그대는 그저 서늘함을 느끼기만 하면 된다. 어린아이가 울고, 개가 짖어대고, 세상이 아무리 시끄러워도, 그대는 그저 깨어 있기만 하면 되는 것이다. 브하그완

part 12

독서(讀書)에 대하여

사람의 인품은 그가 읽은 책으로 알 수 있다.

스마일즈

책은 인류의 저주다. 현존하는 책의 90%는 시시한 것이고, 똑똑한 책은 그 시시함을 논파하는 것이다.

디즈레일리

우리는 밤낮 성서를 읽었다. 그런데 내가 희다고 읽은 곳을 그대는 검다고 읽었다.

브레이크

나는 내가 가장 선호하는
책에서 언제나 가장 커다란 이익과
가장 큰 쾌락을 얻었다.
헤어 형제

책이란, 사람들의 영혼을 번뇌하게 하며,
사람들의 마음을 분노하게 하는 모든 것으로부터
도피시켜 주는 마술적 작용이라고 정의하고 싶다.
프랑스 격언

집은 책으로, 정원은 꽃으로
가득 채우라.
랭

책은 약간의 이익이라도
얻지 못할 만큼 무익한 것은 없다.
플리니우스

나쁜 책도 쓰려면 좋은 책만큼이나 어렵다.
왜냐하면 그것도 저자의 영혼으로부터
성실하게 나오기 때문이다.
헉슬리

독서란 자신의 머리로 생각하는 게 아니라

타인의 머리로 생각하는 것이다.

쇼펜하우어

독자를 웃기라. 울게 하라.

기다리게 하라.

C·리드

이 세상의 모든 책도 당신에게 완전한 행복을

주지는 못한다. 그러나 책은 조용히

네 자신 속으로 네가 돌아가도록 만든다.

헤세

좋은 책이란 적어도 두 번 이상

읽히게 되어야지 그렇지 않으면

정평있는 좋은 책이라고 할 수 없다.

아놀도·벤네트

단지 목적지에 도착하기 위한 여행이라면 무의미한 여행이며, 그 책이 어떻게 끝을 맺을 것인가 만을 알기 위한 독서라면 무의미한 독서이다. 콜턴

말없는 나의 책들이 방 구석구석에서

나를 기다린다. 언제나 변함없는 나의 친구들.

B·W·프록터

방 안에 책이 없는 것은,
몸에 영혼이 없는 것과
다를 바가 없다.
키케로

중요한 것은 어떤 책,
어떤 경험을 사람이
지녀야 하는가가 아니라,
어떤 책이나 경험을
어떻게 자신의 주관으로
만드느냐에 있다.
헨리 밀러

목적을 달성하기 위해서는
악마도 성서를 인용한다.
셰익스피어

좋은 책을 읽는 좋은 독자란
훌륭한 작가와 같이 드물다.
셰익스피어

책은 위대한 천재가 인류에게 남겨 주는 유산이며,
아직 태어나지 않은 자손(子孫)들에게
주는 선물로서, 한 세대에서 다음 세대로 전달된다.
에디슨

책은 순수하고 선한 실질세계이다.
이들 주위에서,
우리의 행복은 자랄 것이다.
위즈워드

고전이란 우리 모두가 다 읽기를 바라면서
어느 누구도 읽지 않으려는 책이다.
마크 트윈

타인의 본성에 끊임없이 귀를 기울여야만 한다.
이것이야말로 진정한 독서라고 할 수 있는 것이다.
니이체

나는 책은 불행한 사람에게는 상냥한 벗이요,
비록 책이 우리에게 인생을 즐기도록 해 주지는
못한다 해도, 인생을 인내하도록
가르쳐 준다는 것을 말하고 싶다.
고울드스네드

책들은 그 나름대로 충분히 좋지만, 그것들은
생명의 강력한 무혈(無血) 대용물(代用物)이다.
스티븐스

그대가 책에서 무엇인가 얻을려고 한다면, 청명한 갈색의 새벽 공기 속에서 책을 읽어야 한다. 호돈

많이 읽으라. 그러나 많은
책은 읽지 말라.
C·플리우스

과학에 관해서는 신간 서적을 읽으라.
문학에 관해서는 고전을 읽으라.
리톤

책은 갓난아이처럼 낳는데 시간이 걸린다. 수 주일 동안에 재빨리 쓴 책은 저자를 의심하게 한다. 완전한 여성은 10개월이 되지 않고는 결코 아기를 낳지 않을 것이다. 하이네

먼저 책을 읽으라.
그렇지 않으면 책을 읽을
기회를 놓치고 말 것이다.
도로

첫 번째 책을 읽는 것은 새로운 친구를 만나는 것이고,
두 번째 책을 읽는 것은 옛 친구를 만나는 것이다.
중국 격언

우리의 인생은 저질의
책을 읽기에는 너무 짧다.
J·브라이즈

많이 읽은 사람에 대한 우리의 높은 존경심은,
문학(文學)에 대한 충분한 찬양심에서 나온다.
에머슨

신문은 면허받은 난봉꾼이다.
W·피트

어떤 책은 맛만 볼 것이고,
어떤 책은 통채로 삼켜 버릴 것이며,
어떤 책은 씹어서 소화시켜야 할 것이다.
베이컨

단 한 권의 책 밖에
읽지 않은 사람을 경계하라.
디즈레일리

독서하는 습관은 순수하고,
유일한 즐거움이다. 모든 쾌락이
시들어도 독서의 즐거움은 지속된다.
A·트롤러프

큰 서재를 가진 것만으로 자기가
학식이 많다고 세상 사람에게
말하는 것은 허영이다.
T·플러

보기 드문 지식인을 만났을 때에는
그가 무슨 책을 읽었는가 물어보아야 한다.
에머슨

내 생각으로는 기억에 남기려고 애 쓰지 말고 다만 기분전환 식으로 읽는 것이 훌륭한 독서법인 것 같은데, 이 방법을 알고 있는 사람은 별로 많지 않다. 이런 독서는 우리들을 성장시키고 우리들의 정신을 부드럽고 온화하게 한다. 알랭

독서는 흥미가 이끄는 대로 해야 한다.
의무로서 읽는 것은 유익하지 못하다.

S·존슨

사람은 독서를 잘하는 위대한
발명가가 되어야 한다.
에머슨

나는 모든 독자를 두 가지 범주로 나눈다.
외우기 위해서 읽는 자와,
잊기 위해서 읽는 자가 그것이다.
펠프스

괴로운 번뇌를 위로 받고자 한다면,
언제고 너의 책으로 달려가라.
책은 항상 변함없는 위로로 너를 대한다.
T·플러

책이란 잘 이용(利用)하면 가장 좋은 것이고,
악용하면 가장 나쁜 것이 될 수 있다.
에머슨

어느 큰 모임을 마치고, 학자는 조용한 집으로 돌아왔다.
"어떠했죠?"
라고 질문을 받자 학자는 대답했다.
"그 모임이 책이었더라면 나는 읽지 않았을 거야."
괴테

나에게 책은 무엇일까? 나의 벗, 나의 사랑,
나의 교회, 나의 주막, 나의 유일한 재산이요,
나의 정원, 나의 꽃, 나의 벌, 나의 비둘기이다.
또한 나의 유일한 의사요, 유일한 건강이다.
R·르 갤리엔

천천히 책을 읽어라. 모든 장점들이

적당한 곳에서 방법으로 생각 날 것이다.

W·워커

어느 책이든 하루에 다섯 시간 독서하라.

그러면 당신은 곧 박식하게 될 것이다.

S·존슨

우둔하고 맹신(盲信)하는 독자는 잘 속아 넘어간다.

이들은 아무것도 모르면서 잘 믿으며,

평론가의 의견을 잘 믿으며, 맹종(盲從)한다.

처어칠

독서는 청년시대의 길잡이이며,

성인에게도 즐거움이다.

콜리어

책은 피어난 꽃송이 이며, 먼 마을로

가는 길이요, 지붕이요, 우물이요, 탑이다.

또한 책은 지팡이, 목자(牧者)의 지팡이로다.

L·W·리즈

책은 이중의 혜택을 준다.

웃음을 자아내 주고,

충언(忠言)으로써

사는 방법을 가르쳐 준다.

파에드루스

모든 훌륭하고 진정한 독서의 애호가들은

잠자리에서, 즐거움을 주고 향상시켜 주는

독서의 취미를 실천한다.

반·필드

아름다운 책을 읽으면, 책이 말을

걸어오고 우리들의 영혼이

대답하는 끊임없는 대화를 한다.

모로아

독서는 영혼을 살찌우고,

운동은 몸을 건강하게 한다.

R·스틸 경

책은 영혼의 신성한 마취제이다.

R·체임버즈

책은 젊은이에게 있어서는 안내자요,

노인에게는 오락물이다.

J·콜리어

서적이 훨씬 더 유익했다라면, 세계는

훨씬 이전에 개혁되어 있었을 것이다.

G·무어

책은 생명과 성장의 나무요, 사방으로 뻗은

낙원의 강과 같다. 책에 의해 인간의 마음은 성장하고,

갈증 나는 지성은 물을 얻어 활기를 얻는다.

책은 열매를 맺게 하는 무화과 나무와 같다.

R·D·베리

책, 그대는 성당(聖堂)의 황금 그릇이요,

언제까지나 손에 들고 있어야 할 타오르는

등불이다.

R·D·베리

책만이 우리를 격려해 준다.

인간 세상에서 일어나는 모든 일의 추잡함을

잊게 해주고, 우리의 근심과 열광을 가라앉혀 주며,

우리의 실망(失望)을 잠들게 한다.

장리 백작부인

큰 도서관은 인류의 일기장과 같다.
G·도슨

대다수의 책은 큰 죄악이다. 저작하는 이 열병에는 끝이 없으며, 모든 사람이 작가가 되고자 한다. 명성을 얻기 위해서, 이름을 팔고 싶다는 허영에서 저작하는 자도 있고, 단순히 돈을 얻기 위해서 저작하는 패거리도 있다. 루터

가장 중요하다는 책은 없다.
가장 중요한 것은 그대 자신이 무엇을
생각하느냐 하는 것이다.
허버드

책 없는 방은 영혼 없는 육체이다.
키케로

기분 좋은 잠과 부담 없는 독서 사이에는
밀접한 관계가 있다. 어느 경우에도 심장의
고동이 부드러워지고 긴장감이 풀리며,
마음이 차분하게 된다. 최선의 독서법은
잠자리 곁에서의 독서이다.
임어당

읽고 있는 책이 흥미가 없다면 그
독서는 시간 낭비일 뿐이다.
임어당

타인에 비춰진 자신의 모습,
그것은 독서에 의해서 이다.
니이체

가장 나쁜 독자는 약탈병처럼
읽는 자이다. 그들은 자기가
사용할 수 있는 것을 몇 가지 뽑아내고,
다른 것은 더럽히고 휘저어 놓고
전체를 매도한다.
니이체

서적은 마음에 축복을 주는

클로르포름(마취제)이다.

챔버스

아무리 유익한 책이라도 그 반은

독자 자신이 만드는 것이다.

볼테르

읽는 것을 기술로서 숙련하기 위해서는 반추(反芻)하는 노력 또한 망각 해서는 안 된다. 니이체

친구를 선택하는 것처럼

작가를 선택해야 한다.

W. 딜런

서적은 다음의 네 가지 목적 가운데

하나를 달성해야만 한다. 이것은

지식, 신앙, 기쁨, 편익이다.

루소

좋은 책을 읽기 위해서는 상당한

기술이 필요하다.

어리석은 사람들을 위해 쓰는 작가가

언제나 폭넓은 독자층을 갖는다는 것을

기억해 두는 것이 좋다.

쇼펜하우어

책은 시계와 같아서, 가장 나쁜 책이라도

없는 것보다는 나으며, 가장 좋은 책이라도

완전히 옳다고 기대해서는 안된다.

S·존슨

독서를 한다는 것은 저자에게서 배우고,

저자의 사상 속에 젖어보고 싶다는

욕구 때문이다.

러스킨

입으로 읽지 말고 뜻으로 읽자.

뜻으로 읽지 말고 몸으로 읽자.

법구경

양서(良書)란 기대를 가지고 열고,

유익한 것을 습득하고 닫는 서적이다.

올코트

우리들은 읽은 것을 말하기 위해서 독서한다.

램

현명한 사람은 책을 선택한다. 몇 권의 책은 붕우지기(朋友知己)로 받아들일 수 있다. 모든 종류의 책 중에서 가장 훌륭한 책은 마음에 간직되고 가장 소중한 소유물로서 아껴진다. J·A·랭포드

책이란 넓고 넓은 시간의

바다를 지나가는 배이다.

베이컨

나는 책을 읽을 때

아주 천천히 읽는다.

지이드

책은 유별나게 키가 큰 사람과 같다.

다음의 세대가 듣게끔 소리 높이

외치는 유일한 사람과 같다.

브라우닝

읽는 것은 빌리는 것이다.

창작하는 것은 진 빚을 갚는 것이다.

G·C·리히텐베르흐

책 가운데는 배면(背面)과 커버가

가장 좋은 책도 있다.

디킨스

읽고, 표시해 두고, 배우고,

마음속으로 소화시켜라.

영국 국교 기도서

책을 열렬히 읽고 싶어 하는 사람과,
읽을 필요가 있는 책을 실증 내는 사람
사이에는 많은 차이가 있다.

G·K·스터튼

돈이 가득 들어 있는 지갑보다도
책으로 가득찬 서재를 갖는 것이 훨씬 좋다.

J·릴리

같은 책을 읽었다는 것은,
그 사람과의 사이를 이어주는 끈이다.

에머슨

독서는 때로 사고(思考)를
회피하는 현명한 방법이다.

헬프스

나는 한 시간의 독서로 누그러지지 않는
어떠한 슬픔도 알지 못한다.

몽테스키외

part 13

정의(正義)와 법(法)에 대하여

언제나 정의(正義)를 행하라. 이것은 많은 사람들을 기쁘게 할 것이다.

마크 트웨인

사람이 서로 해치지 않게 하는 것이 정의의 역할이다.

키케로

세상이 멸망하더라도 정의가 행해지게 하라.

페르디 난트

정의는 모든 것의 위에 있다.

성공은 좋은 것, 부(富)도 역시 좋은 것,

명예는 더욱 좋은 것이지만,

정의는 이들 모두를 능가한다.

필드

현실은 올라가는 계단도,

내려가는 계단도 아니다.

언제나 오늘이다.

O·파즈

정의는 말이 없고, 보이지도 않지만, 그대가 잠자고, 걸어가며, 누워있는 모습을 지켜본다. 정의는 그대의 진로(進路)를 가로지르기도, 때를 늦추기도 하며, 끊임없이 그대를 따라 다닌다. 아에스킬루스

나는 정의를 사랑했고 불의를 미워했다.

그러므로 나는 유배지에서 죽는다.

그레고리 7세

정의를 아끼면 불법(不法)이

성장한다.

셰익스피어

나라 안의 모든 시민 가운데 가장 어리석은
시민이라도 정의(正義)로 무장하면
불의의 대군보다 강하다.

브라이언

정의가 힘을 만든다는 신념을 가지자.
그리고 우리가 아는 바와 같은
끝가지 그 신념으로 우리의 의무를 결행하자.

링컨

모든 사람에게 정의는 자기가
당연히 누려야 할 것을 하려는
부단하고 영속적인 소망이다.

유스리아누스 대제

비록 정의의 움직임은 느릴지라도
반드시 사악한 자를 타파한다.

호메로스

정의와 함께 하는 것은 성취되고,
미와 함께 하는 것은 아름답다.

플라톤

정의로운 사람만이 마음의 평화를 누린다.
에피쿠루스

다가오는 위험을 걱정만 하고 있는 것은
많은 사람을 최대의 위험 상태로 몰아넣는다.
루카누스

정의만큼 진정으로 위대하고
신성한 미덕은 없다.
에디슨

대부분의 사람들에겐
정의에의 사랑이란,
부정을 보고도 잠자코 있는
무서운 일에 지나지 않는다.
라 로슈프코

정의로움을 행하는 한 시간은,
기도하는
1백 시간의 가치가 있다.
마호메트교 금언

정당함은 법률보다 낫다.
메난드로스

법률과 행정법규는 큰 모기는 지나가게 하고,

작은 모기만 잡는 거미줄에 비교될 수 있다.

J·W·징크그레프

법률은 하늘이 내린 소리여야 한다.

법률은 명령해야지 논의 되어서는 안된다.

포시도니우스

법률이 많을수록 범법자도 많다.

T·플러

최대다수의 최대 행복은

도덕과 입법에 기초를 둔다.

벤덤

국민이 행복한 것이 최고의 법률이다.

키케로

살인자가 잠깐의 처벌은 피할 수 있지만,

정의가 범죄를 뒤따라 잡을 것이다.

드라이든

개인에게 행해진 불평등이,

때론 대중에게 도움이 된다.

주니우스

인간이 만드는 만큼의 많은 법률이 필요하다면,

인간은 최대 범죄자가 될 것이다.

C·J·달링

신은 인간에게 공정하며,

최후엔 반드시 정의가 승리한다.

롱펠로우

법률이 성문화되었을 때라도,

영원히 변경되지 않은 채

유지되어서는 안된다.

아리스토텔레스

아무리 훌륭한 법률일지라도, 게으른 사람을 부지런하게, 낭비하는 사람을 절약하게, 취해 있는 사람을 술에서 깨게 할 수는 없다. 스마일즈

모든 사람의 편의를 충족시킬 수 있는 법은 없다. 법이 전체적으로 다수에게 이익이 된다면 우리들은 만족해야 한다. 리비우스

재판관은 지식이 그의 안내자가 되어야 하며,
개인적인 경험이 안내자가 되어서는 안된다.
플라톤

법률은 배우지 못한 사람들이 더 쉽게
파악할 수 있도록, 간단 명료해야 한다.
포시도니우스

법을 두려워하지 않는 사람은
틀림없이 법 때문에 멸망한다.
바이런

재판이야말로 언제나 귀는 닫고
입은 열어야 한다. 이것은 적게 듣고 많이
말하라는 것이다.
T·미들턴

우리가 모든 일을 공정하게 심판하기를

원한다면, 우리 가운데 누구도 죄 없는 사람이

없다는 것을 납득시켜야 한다.

세네카

언제나 법률은 재산이 있는 사람에게는 유용하지만

재산이 없는 사람에게는 무용한 것이다.

루소

자신이 법이요, 법이 필요하지 않고,

법을 어기지 않는 사람이 진정한 왕(王)이다.

채프먼

모든 법률은 소용이 없다. 착한 사람은

법률이 필요하지 않고, 악한 사람은 법률로

교정(矯正)되지 않기 때문이다.

데모낙스

법이 끝나면 폭정이 시작된다.

피트

일반적으로 법이란 작은 것은 빠져 나가고,

큰 것은 찢겨나가고, 중간 것들만 걸려드는

천으로 된 그물이라는 것이 드러난다.

센스토운

가장 훌륭하고 고귀한 법률의 실례(實例)는

타인의 범죄를 제한해서,

행복(幸福)이라는 이익을 준다.

타키투스

국민은 헌법을 만들었고, 그것을

폐지할 수도 있다. 헌법은 국민 자신들의

의지(意志)의 창조물이다.

J·마셜

모든 국가의 중요한 근간은

좋은 법률과 훌륭한 군대이다.

마키아벨리

법에는 성문법(成文法)과 불문법(不文法)이 있다.
우리 도시에서 우리의 제도를 규정하는 것은 성문법이고,
관습으로부터 발생하는 것은 불문법이다.
디오게네스

법관은 재치보다 학식이 많아야 하고,
말주변이 좋기보다 존경을 받아야 한다.
무엇보다도 고결이 그의 바탕이요,
그에 맞는 덕(德)을 갖추어야 한다.
베이컨

가장 강한 자의 이론은 항상 최선이다.
라 폰테이느

사람들이 지켜야 한 법과 규율(規律)은,
대중을 기준으로 정해야 한다. 명성(名聲)과
덕행(德行)을 겸비한 사람으로 하여금
제정하게 하면 반드시 잘 시행된다.
사마양

국가의 안녕만이 유일한 도덕적 기준이다. 개인과 국가의 관계는 암묵의 계약이다. 개인은 자기 자신의 양심과 이익에 부합하게 국가에 이익이 되도록 행동할 것이다. 모음

법관은 가혹함보다는
동정심에 의지하는 편이 낫다.
세르반테스

외부적인 원인에서 오는 사물에 의해 마음을 괴롭히지 말고, 내부적인 원인에서 오는 사물에 대하여 정의(正義)를 생각해야 한다. 아우렐리우스

법률로써 이끌고 형벌(刑罰)로써 다스리면 백성들은 이 그물만 벗어나려 하여 부끄러움을 모른다. 그러나 덕(德)으로써 인도하고 예의로써 다스리면 백성들은 부끄러움을 알고 나아가 올바른 사람이 되려 한다. 공자

질서는 하늘의 으뜸가는 법률이다.
A·포우프

part 14

야망(野望)과 명성(名聲)에 대하여

사랑에는 눈물이 있고, 행운에는 기쁨이 있고,

용맹에는 명예가 있으며, 야망에는 죽음이 있다.

셰익스피어

사람의 명성은 얻기 위한

과정에 의해서 평가되어야 한다.

라 로슈프코

대부분의 사람들이 커다란 야망으로

시달리지만 않는다면 작은 일에 성공을 거두련만……

롱펠로우

사랑에서 야망으로 옮겨가는 사람은 많지만,
야망에서 사랑으로 돌아오는 사람은 드물다.
라 로슈프코

호흡은 신체의 활력이며,
명성은 마음의 활력이다.
영

야망을 절대로 굽히려 하지 마라.
B·존슨

야망은 휴식이 없다.
벌워리튼

자기 자신을 위하여 무엇이든 탐내지 말라. 구하지 말고, 마음을 움직이지 말고, 부러워하지 말라. 네 운명과 장래는 항상 미지의 것이어야 한다. 톨스토이

사람은 보통 심술에서보다
허식에서 남을 더욱 욕한다.
라 로슈프코

야심이란 살아 있을 동안에는 적들로부터 중상을 당하고, 죽은 뒤에는 친구들로부터 비웃음을 당하는 폭군적인 욕망이다. 비너스

사아디가 노래하는 것처럼 열 명의 가난한 사람은
하나의 돗자리에서 평화롭게 잠들지만,
무한히 광대한 제국도 한 명 군주에게는 너무나 좁다.
앨저

환영(幻影)을 움켜쥐려다,
실물(實物)을 잃어버리지 않도록 조심하라.
아이소푸스

야심이 있는 사람은 굴뚝 청소부와 같이 컴컴하고
이상야릇한 통 속을 기어 올라가서,
온몸이 새까맣게 되어도 전혀 개의치 않는다.
베에벨

야심의 유혹에 빠지지 말라!
인간의 야심이란,
지배욕 외에는 없다.
쉴러

열정적 야심가는 노는 일이나
즐거움을 뿌리치고 자기만을 지배한다.
보브나르그

금기를 범하려는 욕망은 무의식적
욕망의 행태로 존속한다.
프로이드

뜻하지 않았던 운명의 함정 이것은
발버둥치면 칠수록, 화를 내면 낼수록,
운명의 함정의 입은 더 벌어진다.
대망경세어록

조용한 밤, 흔들리는 배 위에서 둥근 해수면과 별만을 본다는 것은 멋있는 일이다. 이 순간 우리들은 무한한 우주 한 복판에서 작은 구슬을 타고 움직이고 있다는 현실에 얼마나 마음을 빼앗기는가! 이 순간 '세계와 우리들의 존재는 도대체 어디서 와서 어디로 가는가'하는 의문이 얼마나 강하게 일어나는 것인가! 이 순간 인간의 노력이나 인간의 명예 따위는 얼마나 허무하게 느껴지는 것인가! 슈바이처

야심은 가면을 하고 있는
거만한 탐욕일 뿐이다.
란더

이 세상의 영광이란 어쩌면
그렇게도 빨리 사라지는가!
켐피스

여자의 아름다움이 어디 있느냐?
제왕의 명예가 어디 있느냐?
이런것들은 우리 탐욕의 과장,
우리 미망(迷妄)의 요구가
부여한 허상에 지나지 않는 것이다.

법구경

명성은 스스로 얻는 것이요,
인격은 남들로부터 존중받는 것이다. 이 진리에
눈을 뜰 때 당신은 비로소 새로 태어난다.

B · 테일러

명성은 젊은이에게는 광채를 주고,
노인에게는 위엄을 가져다 준다.

에머슨

어른은 크게 자란 아이와 같다. 어른의 욕망은 아이의 욕망과 같이 변덕스럽고 간청이 많고 헛짓이 많이 있다. 드라이든

명성을 획득한 예술가들은 명성 때문에
괴로움을 받는다. 그러므로 예술가들의
처녀작이 종종 베스트가 된다.

베에토벤

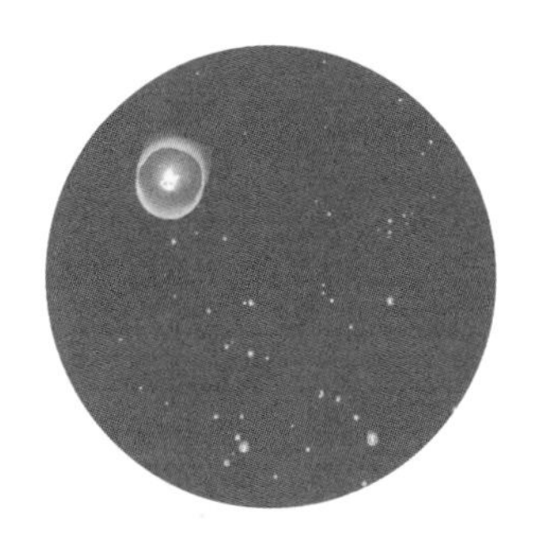

야망! 그것은 선과 악의

강력한 원천이다.

영

야망은, 어떤 사람의 눈은 멀게 하고

어떤 사람의 눈은 뜨게 한다.

모리악

인간은 태어나면서부터 허영심이 많고,

타인의 성공을 질투하기 쉬우며, 자신의

이익 추구에 대해서는 무한정한 탐욕을 지닌 자다.

마키아벨리

명성이 사후에 얻게 되는 것이라면,

명성을 얻기 위해서 서두르지 않겠다.

마티알리스

명예를 사랑하는 사람은, 남의 행복을
자기의 행복처럼 생각한다. 쾌락을
추구하는 사람은, 자기 감각에 행복을 느낀다.
분별력을 지닌 사람은, 자기 자신의
행위를 자기 행복이라고 생각한다

아우렐리우스

귀는 고운 소리를 듣고, 눈은
아름다운 빛깔을 본다. 그러나 마음속에
있는 욕심이나 야심은 내 안에 숨어 있는 도둑이다.
그러나 우리의 본심만 꿋꿋하게 지키면
그 도둑들은 얼씬도 못한다.

채근담

야심은 하늘을 날으는
동시에 땅을 걸을 줄도 알아야 한다.
에머먼드 버크

야심과 의심은 항상 동반한다.
리히텐베르크

대망(大望)이란 덧없는 꿈,
그림자처럼 공허한 것이다.
셰익스피어

야심이 있는 사람은 언제나 커다란
행운과 재물이 굴러들어올 것이라고 믿는다.
하지만 야심가에게
돌아오는 것은 단지 피로와 분주한 나날 뿐이다.
알랭

명예 없이 살기보다는
명예를 얻고 죽는 편이 천 배나 낫다.
루이 6세

연기가 벌집의 벌을 쫓아내듯이,
탐욕은 정신적인 성숙과 지적 완성을 쫓아낸다.
와시리이 우에리키

지나친 권력욕은 천사를 타락시키고,
지나친 지식욕(知識慾)은 인간을 타락시킨다.
베이컨

명성은 사자(死者)가 먹는 음식이다.
나는 이런 사자(死者)가 먹는
음식을 집어넣을 위(胃)가 없다.
도브슨

우리는 성취(成就)에서보다는
오히려 욕망(慾望)에서 살고 있다.
G·무어

사람은 모두 지배욕을 가지고 있는 동시에 승부욕도 가지고 있다. 모든 존재에 대해서 최고자(最高者)로서 군림할 수 있는 세계를 원하는 동시에 자신 앞에 꿇어 앉힐 수 있는 어떤 대상을 찾는 열정과 욕망을 가지고 있다. 법구경

명성은 모두 위험하다.
좋은 명성은 시샘을 가져오고,
나쁜 명성은 치욕을 가져온다.
T·플러

너무나 유명해진 이름이란
얼마나 무거운 짐이 되는 것인가!
볼테르

명성은 강물과 같아서
가볍고 속이 빈 것은 뜨게 하며,
무겁고 실한 것은 가라 앉힌다.
베이컨

얼마나 많은 사람들이 명성에 의해
칭찬을 받은 후에 망각 속에 묻혀 버렸던가!
다른 사람들의 명성을 찬양해 마지않던
얼마나 많은 사람이 땅속에 묻혀 버렸던가!
아우렐리우스

일반적으로 스스로가 가장 보잘것 없고
비참하다고 믿고 있는 사람은
가장 야심적이며 양심적이다.
스피노자

최대의 곤란은 명성을 먼저 획득하는 것이며,
다음은 생시에 명성을 유지하는 것이고,
그 다음은 사후에도 명성을 보유하는 것이다.
하이든